Krio Nansi Stori Dɛm

A collection of short stories in Krio and English

By

Sa Lon Krio (SLK) Ltd

For information, rights and permissions, please contact:

SLK Freetown Sierra Leone

SLK UK

SLK USA

Info.salonkrio@gmail.com

www.salonkrio.com

First Edition. Published August 2024

ISBN: 9798332208324

Illustrations by Sa Lon Krio Ltd using ChatGPT

Translations by Emmenette Mason, Esme James and Raymond Johnson

Editor: Esme James

This book is dedicated to all the Krio speakers in Sierra Leone and the diaspora.

Table of Contents

BIFO YU BIGIN

Dɛn stori ya na dis buk, na wan dɛm we wi mama ɛn papa dɛm ɛn wi grani ɛn granpa dɛm, bin de tɛl wi we wi na bin lili pikin. Dɛn bin kɔl dɛm Nansi stori. Na ren sizin mɔ dɛn kin tɛl wi dɛn stori ya; da tɛm de ɔlman kin dɔn de insay, ɔlsay kin dɔn lɔk ɛn sɔm tɛm kin de layt nɔ ba de sɛf. If wi gɛt lɔk, dɛn kin gi wi lili cham cham, lɛkɛ pach granat ɔ bwɛl granat ɔ, sɔntɛm koknat kek ɔ jinja kek we wi go tek pas di tɛm. Wi di pikin dɛm kin sidɔm na grɔn ɛn di pɔsin we de tɛl di stori kin sidɔm na chiya, usay wi ɔl go de si am.

Wi bin de ɛnjɔy dɛn stori ya bikɔs dɛm bin de mek wi laf ɛn sɔm ɔf dɛm kin mek wi tink bɔt wetin gud ɔ wetin nɔ gud. Sɔm ɔf dɛm bin gɛt siŋ insay, we ɛp fɔ mek wi nɔ fɔgɛt dɛm ivin we wi dɔn big. Lɛkɛ, *Sɛn chen, sɛn chen, mama, sɛn chain,* we Bra Tɔtɔys bin de siŋ to in mama we bin de ɔp klawd ɔ, *Mɔdɛnlɔ, tide na shek ed de,* we Trɔki bin de siŋ afta i dɔn tif in mɔdɛnlɔ in ɛbɛ ɛn ayd am insay in at. Dɛn wan ya na jɔs tu pan di plɛnti stori dɛm we wi min de ɛnjɔy we wi smɔl ɛn wi wan kip dɛm fɔ di gɛnareshɔn dɛm we de kam afta wi. Dis na di men rizin we mek wi put ɔl dɛn stori ya togɛda na dis buk na fɔ mek wi nɔ go fɔgɛt bɔt dɛm ɔ lɔs dɛm, as tɛm de go. Wi wan mek dɛn stori ya de sote go, ɛn gɛnareshɔns yɛt ɔnbɔn, as wi kin se, go rid dɛm, ɛnjɔy dɛm, ɛn lan gud trik ɛn abit frɔm dɛm.

Wi ivin go wanstɛp mɔ, ɛn du wetin nɔbɔdi nɔ ɛva du, ɛn dat na fɔ translet dɛm to Inglish fɔ dɛn wan we nɔ so sabi rid Krio. Wi de op se dis go mek ɔl Sa Lon pipul wɛda dɛn tap na Sa Lon ɔ na ɔdasay na di wɔl, go wan fɔ lan fɔ rid ɛn rayt Krio as dɛn de rid ɛn ɛnjɔy dɛn stori ya, ɛn ivin tich dɛn pikin ɛn granpikin dɛm sɛf fɔ lan fɔ rid ɛn rayt Krio, di langwej we dɛn de tɔk ɔl say na Sa Lon.

Ɛsmi Jems
Ɔgɔs 2024

FOREWORD

The stories in this book were passed down to us by our parents and grandparents, who referred to them as Nansi Stories; these were folk tales told by the Krios of Sierra Leone. They were usually told during the rainy season after everyone was home and the doors were all shut. Sometimes, there was no electricity and, to pass the time as we listened to the stories, roasted or boiled groundnuts would be shared among us; at other times it could be coconut cake or ginger cake, treats that we all enjoyed. The children would all sit on the floor in a semi-circle, looking up at the story-teller who would be sitting on a chair.

We enjoyed these stories because we found them enthralling, making us laugh or think seriously about what was good or bad in life. Some of them had songs that helped us to remember them years after we first heard the stories. S*end the chain, send the chain, mama send the chain,* was one such, a song that Brer Tortoise used to sing to his mother who lived up in the clouds. Another was, *Mother-in-law, today is shaking-head day.* This was the song Brer Turtle sang after he had stolen his mother-in-law's freshly cooked yam and sweet potato pottage and hidden it in his hat. These are just two of the several well-loved stories that we enjoyed as children and that we are now seeking to preserve for the generations coming after us. And that's the main reason why we put these age-old stories together in this book – we don't want them to be forgotten or lost, over time. We want them to be there, so that generations yet unborn, will read them, enjoy them and get valuable nuggets from them.

We've even gone one step further and done something that no one else has ever done and that is, to translate each story from Krio to English so that all Sierra Leoneans, whether they are living in Sierra Leone or elsewhere around the world, though not familiar with reading and writing Krio, would still enjoy the stories and even encourage their children and grandchildren to learn to read and write Krio, the lingua franca of Sierra Leone.

Esme James
August 2024

PIPUL DƐM WE WI TƐL TƐNKI

Ich wan pan di stori dɛm na dis buk dɛm kɔl am *Nansi Stori*. Dɛm na stori dɛm we bɔku pan wi ol pipul dɛm sabi. Wan man we bi nɛm Chris During bin gɛt wan program na Sierra Leone Broadcasting Station (SLBS) we bin nem, *Chris During ɛn di Rokɛl Riva Bɔys*. Dɛm bin de gi dɛn kayn stori ya wantɛm fɔ wik. Na de plɛnti pipul bin de yɛri dɛm.

Insay 2009, Profɛsɔ Eldred Durosimi Jones, put dɛn stori ya togɛda ɛn pɔblish dɛm na wan buk we i kɔl, *Stori Go, Stori Kam.* Professor Jones gi da buk de to di men ɛditɔ ɔf dis wok we disayd fɔ put dis nyu vashɔn togɛda. Wi tɛl Profɛsɔ Jones ɛn Nɔlɛj Ed, we na dɛm pɔblish di fɔs buk, bɔku tɛnki.

Wi de ɔlso tɛl Yvonne Thompson-Kponou, Malcolm Finney, Florence Johnson ɛn Yvonne Johnson bɔku tɛnki fɔ ɔl di wok we dɛn du fɔ mɛmba wi bɔt di stori dɛm, rid di buk ɛn kɔrɛkt ɔl di mistek dɛm.

ACKNOWLEDGEMENTS

Each of the stories in this book is called a Nansi Story. They are stories that many people of the older generation know. A broadcaster, called Chris During had a program on the Sierra Leone Broadcasting Station (SLBS) called, *Chris During and the Rokel River Boys.* They used to tell these kinds of stories once a week. That's where many people heard them.

All of these stories would be well known to most Krio speakers and are the folktales of the language. They were originally compiled in book form by Professor Eldred Jones as "Stori Go, Stori Kam", published in 2009. Professor Jones generously passed on his original text to the editor, Esme James.

We appreciate the support of the original publishers, Knowledge Aid Sierra Leone. We thank all the reviewers of this book, in particular, Yvonne Thompson-Kponou, Malcolm Finney, Florence Johnson and Yvonne Johnson for all the work they did reminding us about the stories, reading the book and correcting all the errors.

1: Wetin Du Bra Tɔtɔys In Shɛl Krak Krak So

Bad bad angri bin de na tɔŋ, natin nɔ de fɔ it - ɔl di rɛs, ɔl di kasada, ɔl di pɛtɛtɛ, ɔl tin dɔn dɔn. Ɔl di bif dɛn na di tɔŋ, na so dɛn ɔl dɔn dray, dɛn jɔ dɛm dɔn siŋk dɛn yay ɔl dɔn go insay. Naim dɛn ɔl gɛda, dɛn ol mitin fɔ no wetin fɔ du bɔt dis angri ya. Wɛn ɔlman dɔn tɔk dɔn, dɛn gri se dɛn ɔl fɔ kil dɛn mami, wan bay wan, ɛn dɛn ɔl it dɛn. So wan bay wan, Lɛpɛt o, Dia o, kɔni Rabit o, dɛn ɔl briŋ dɛn mami kam, dɛn ɔl it dɛn. Ɔl, pas Bra Tɔtɔys. Wɛn in yon tɛm rich i se "Bo mi yon mama bin dɔn day lɔŋ tɛm wit angri." Biol, biol, Bra Tɔtɔys dɔn tek in mama go ayd am ɔp klawd. Wɛn angri kech am ɛn i wan it, i kin go na sɔm fa ples we nɔbɔdi nɔ de, ɛn siŋ to in mama we de ɔp klawd. I kin siŋ se:

Sɛn chen, sɛn chen
mama sɛn chen
Sɛn chen, sɛn chen
mama sɛn chen

Wɛn i dɔn siŋ tu tri tɛm, in mama kin sɛn wan lɔŋ chen kam dɔŋ ɛn Bra Tɔtɔys kin ɛng de. Dɛn i kin bigin siŋ:

Drɔ chen, drɔ chen
mama drɔ chen
Drɔ chen, drɔ chen
mama drɔ chen

Dɛn in mama kin drɔ dis chen go ɔp aw i de siŋ te i rich ɔp klawd. In mama kin kuk fɔ am, mek i it bɛlful, dɛn i kin wep in mɔt i ɛng pan di chen ɛn kam dɔŋ bak na grɔn. Na so i de du ɛvri de; ɔl den bif jɛs de dray, dɛn yay de rɔn wata, dɛn nɔ ebul waka bɛtɛ, bɔt Bra Tɔtɔys in jɛs de fat, in jɔ de kɔmɔt ɛn na so in yay de shayn. Wetin de bi? Aw Bra Tɔtɔys in bɔdi jɛs de fayn so ɛn it nɔ de na tɔŋ fɔ it? Na in kɔni Rabit bigin wach Bra Tɔtɔys. Ɛnitɛm i si Bra Tɔtɔys de waka bay insɛf i kin ayd de fala am. Wan de naim i si am luk ɔp klawd ɛn bigin siŋ:

Sɛn chen, sɛn chen
mama sɛn chen
Sɛn chen, sɛn chen
mama sɛn chen

Na so kɔni Rabit in yay dɛm opin wayd wit wɔnda. Wetin Bra Tɔtɔys de pan? Wan tɛn nain i si wan lɔŋ chen de kam kɔmɔt ɔp klawd te i rich na grɔn, dɛn i si Bra Tɔtɔys ɛng de, ɛn i bigin siŋ:

Drɔ chen, drɔ chen

mama drɔ chen

Drɔ chen, drɔ chen

mama drɔ chen

Kɔni Rabit si di chen de go ɔp wit Bra Tɔtɔys ɛng pan am te i lɔs go ɔp klawd. Na so kɔni Rabit i mɔt opin. I sidɔm de wet te i si Bra Tɔtɔys kam dɔŋ bak wit dis chen. Na so Bra Tɔtɔys in mɔt de shayn. So na so Bra Tɔtɔys bin de du ɔl dis tɛm; i de go ɔp go it to in mami we i dɔn ayd ɔp klawd ɛn de kam mek wi bigful se insɛf angri lɛkɛ wi? Kɔni Rabit nɔ se natin. I go bak i go tɛl ɔl dɛn bif wetin in si. So, di nɛks de dɛn ɔl mek bagin; dɛn go na di say we kɔni Rabit sho dɛn. Dɛn, kɔni Rabit bigin siŋ lɛk aw i bin yɛri Bra Tɔtɔys de siŋ:

Sɛn chen, sɛn chen

mama sɛn chen

Sɛn chen, sɛn chen

mama sɛn chen

Dɛn dis lɔŋ chen kam dɔŋ. Naim-o ɔl di bif dɛn ɛng pan dis chen, Lɛpɛt o, Mɔnki o, Bra Dia o, ɔl dɛn bif wit kɔni Rabit insɛf ɛn babu we naim de las. Bra kɔni Rabit bigin siŋ bak:

Drɔ chen, drɔ chen

mama drɔ chen

Drɔ chen, drɔ chen

mama drɔ chen

Bra Tɔtɔys in mama bigin drɔ, drɔ, drɔ; i se, “Aw mi pikin luk ebi so tide?” As i de drɔ, i de drɔ, na so di chen de go ɔp smɔl smɔl, te i dɔn de rich ɔp klawd, naim Bra Tɔtɔys si dɛn de go ɔp to in mama; na in i bigin siŋ:

Kɔt chen, kɔt chen

mama kɔt chen

Kɔt chen, kɔt chen

mama kɔt chen

Wɛn in mama yɛri in pikin vɔys, naim i tek in shap nɛf i kɔt di chen. Ɔl di bif dɛm fɔdɔm frɔm ɔp klawd kam dɔŋ. Wan pantap in kɔmpin, dɛn ɔl fɔdɔm pan Tɔtɔys we bin tinap ɔnda usay ɔl di bif dɛn kam fɔdɔm. We dɛn land, dɛn ɔl land pan am ɛn Tɔtɔys fɔdɔm wit in bak.

Nadat mek Tɔtɔys in shɛl krak krak so.

Dis stori de tich wi se, "Fɔ lay to ɛnibɔdi nɔ gud; in di ɛnd yu sɛf go sɔfa."

How Brer Tortoise's Shell Got Cracked

All the animals in a particular town were dying of hunger. There was no food to be found anywhere. All the rice, cassava, potatoes and everything else they had planted, had been eaten. Everyone was getting thinner and thinner. Their faces were thin, and their eyes had sunk into their sockets. So, they all gathered together to hold a meeting about what to do about the situation. After everyone had had their say, it was agreed that they would take it in turns to kill their old mothers and eat them. So, one by one, the leopards, the deer, the rabbits, all brought their mothers, killed them and the entire town feasted on them. In time, everyone had brought their mother, except Brer Tortoise.

When it was his turn, he told them, "My mother died a long time ago from the hunger in town."

The truth was that Brer Tortoise had taken his mother and hidden her up in the clouds so she would not be killed and eaten. Apart from that, whenever he felt hungry and he wanted to eat, all he had to do was to find a place a long way away from the town, where there was no one, and sing to his mother who was up in the cloud. He would sing:

Send the chain, send the chain,
Mama, send the chain

After he had sung two or three times, his mother would send a long chain down and Brer Tortoise would hang on it. Then he would start singing:

Draw the chain, draw the chain
Mama, draw the chain

When his mother heard that, she would draw the chain up as he was singing until he got up to the cloud. His mother would cook for him, and Brer Tortoise would eat until he was full. Then he would wipe his mouth, hang on the chain and go down again. He did this every day. He got fatter, his cheeks filled out and his eyes shone with good health. Meanwhile all the other animals were getting thinner, their eyes sinking even deeper into their sockets. Some were even beginning to find it difficult to walk.

What was going on? How could Brer Tortoise look so good when there was nothing to eat in the town? That's when Cunning Rabbit decided to start watching Brer Tortoise. Whenever he saw Brer Tortoise walking by himself, he would hide and stealthily follow him. One day, he saw him stop, look up to the clouds and start singing:

Send the chain, send the chain,
Mama, send the chain

Cunning Rabbit's eyes opened wide in wonder. What was Brer Tortoise up to? Suddenly, he saw a long chain coming down from the cloud until it got to the ground. Then he saw Brer Tortoise hang on to the chain and start singing:

Draw the chain, draw the chain,
Mama, draw the chain.

Cunning Rabbit saw the chain going up, with Brer Tortoise hanging on to it, until he disappeared into the cloud. Cunning Rabbit's mouth hung open. He sat down and waited until he saw Brer Tortoise come back down with the chain. His mouth was shining with the oil from the food. So, he concluded that this was what Brer Tortoise had been doing all the time; he would go up to eat with his mother whom he had hidden up in the cloud and lie to town's mates by telling them he too was just as hungry as they were.

Cunning Rabbit quickly went back and told all the other animals what he had seen. So, they all agreed that the next day they would meet at the place Rabbit had told them about.

The next day, when everyone had arrived, Rabbit started singing the song that he had heard Brer Tortoise singing:

Send the chain, send the chain
Mama, send the chain

Soon, they all stared in wonder as they saw a very long chain coming down. Without wasting time all the animals hung on to the chain: leopards, monkeys, deer, baboons and many more, all hung on. Cunning Rabbit himself was the last to grab the end of the chain. Then he started singing again:

Draw the chain, draw the chain
Mama, draw the chain

Brer Tortoise's mother heard the voice and started pulling the chain up. As she pulled and pulled, she said to herself, "How come my son feels so heavy today?" She kept on pulling and pulling, with the chain moving up very slowly. Just when it had almost reached the cloud, Brer Tortoise, from a distance, saw what was happening. The animals were going up to his mother! He ran as fast as he could, until he got beneath the place where the animals were clinging to the chain. Raising his voice, he began singing loudly:

Cut the chain, cut the chain!
Mama, cut the chain!

When Mother Tortoise heard her son's voice, she quickly took a sharp knife and cut the chain. All the animals fell down from the cloud, one on top of the other, and they all fell on top of Brer Tortoise who had been standing directly under the chain. Brer Tortoise fell on his back as the weight was too much for him. That is why, to this day, Brer Tortoise's shell has cracks all over.

MORAL: It does not pay to be devious.

2: Alagba Du Yu Wok

Angri bin de na tɔŋ. Bɛtɛ tin nɔ de fɔ it. Sɔm pikin dɛn bin de we dɛn mama fɛn lili binch, ɛn bwɛl am fɔ dɛn fɔ it. Bifo jɛk, dɛn dɔn it ɔltin dɔn, pas wan las sid binch we di big bɔbɔ, we nɛm Ɛku, bin wan put na in mɔt, bɔt i fɔdɔm.

Di binch bigin rol de go. Naim Ɛku se, "A kant lɛf yu lɛ yu go. A go fala yu ɛnisay we yu go, te a ketch yu ɛn it yu."

As di binch de rol de go, naso Ɛku de fala am, te di binch rich wan ol ɛn rol go insay. I se, "A nɔ bisin usay yu go. Ɛnisay yu go, a go fala yu. A mɔs it yu."

So, Ɛku jomp go insay di ol fɔ fala di binch. Insay di ol, i mit wan ol grani. I tɛl di grani adu.

Di grani ansa se, "Bɔbɔ adu-o. Wetin yu kam fɛn ya?"

Ɛku se, " Grani, a beg padin ma. Na mi las binch we a fɔ it, naim fɔdɔm na mi an ɛn rol kam dɔŋ ya. Wi nɔ gɛt natin fɔ it ɛn angri de kech mi."

Naim di grani se, "Yu go ɛp mi swip mi os?"

Ɛku se, "Yɛs ma." I tek brum we bin liŋ na wan kɔna, ɛn swip di grani in os fayn fayn wan, lɛkɛ aw in mama bin dɔn tich am.

We i dɔn dɔn, di grani se, "Tɛnki ya, mi pikin. Yu dɔn ɛp mi wok fayn. A de kam gi yu sɔntin we go mek yu nɔ go ɛva angri egen."

Di uman pul wan lili, blak, ayɛn pɔt kɔmɔt ɔnda in bed, ɛn gi di bɔbɔ. I tɛl am se, "Wɛn angri kech yu ɛn yu wan it, put dis pɔt na tebul ɛn se, 'Lili pɔt, du yu wok; lili pɔt, du yu wok!' Yu go it te-te yu bɛlful. Bɔt, wɛn yu it dɔn, yu nɔ fɔ was di pɔt, o. Lɛf am so te yu rɛdi fɔ it bak."

Na so Ɛku gladi. I se, "Grani, tɛnki ma. A go du wetin yu se, ma."

Ɛku mekes kɔmɔt insay di ol ɛn rɔn go bak na os. I nɔ tɛl nɔbɔdi wetin apin. I go insay rum ɛn lɔk di do. I put di pɔt na tebul, ɛn se, "Lili pɔt, du yu wok; lili pɔt, du yu wok." As i tɔk dɛn wɔd ya so, naim it bigin kɔmɔt insay di pɔt. If yu si it! Ɔl kayn it – fufu ɛn plasas, jɔlɔf rɛs, binch ɛn akara wit plantin ɛn swit pɛtɛtɛ. Ɔl di kayn it dɛm we i lek. I it te in bɛlɛ niali bɔs. Dɛn i tek di pɔt (i nɔ was am o, jɛs lɛkɛ aw di grani bin tɛl am), ɛn ayd am ɔnda in bed. Afta dat, i opin di do ɛn go bak to in kɔmpin dɛm, bɔt i nɔ tɛl dɛm natin.

Ɛni tɛm we angri kech Ɛku, i kin go ɛn lɔk insɛf insay dɛn rum, pul di pɔt kɔmɔt, put am na tebul, ɛn se, "Lili pɔt, du yu wok; lili pɔt, du yu wok." I kin it bɛlful, ɛn wep in mɔt. Dɛn, i go ayd di pɔt, ɛn go bak to in kɔmpin dɛm na do. Ɛn i kin mek lɛkɛ fɔ se angri de kech insɛf bad bad wan.

Bɔt in mama ɛn in brɔda ɛn sista dɛm bigin si aw in bɔdi de fayn, in jɔ de kɔmɔt ɛn in yay dɛn de shayn. Dɛn bin jɛs de dray, dɛn jabon de go insay, dɛn kɔlabon de drink wata.

Wan de, Ɛku in las brɔda we nem Fumi, bigin wach am ɛn fala ram we i de go na di rum. We i tɔn ɛn si se Fumi de biyɛn am, i ala pan am. "Wetin yu de fala mi fɔ? A nɔ gɛt natin fɔ gi yu."

Fumi mek lɛkɛ i de tɔn bak. I wet mek Ɛku go insay di rum, ɛn lɔk di do. I put in yay na wan ol na di do, ɛn si we in big brɔda pul wan pɔt kɔmɔt ɔnda di bed. I yɛri we i se, "Lili pɔt, du yu wok," tu tɛm. I si ɔl di it we kɔmɔt insay di pɔt we in brɔda se so. In bɛlɛ bigin tɔk wit angri we i si ɔl di it we in brɔda in wangren bin de it. I si usay i ayd di pɔt wɛn i dɔn it dɔn.

Fumi rɔn go tɛl in ɔda brɔda ɛn sista. Dɛn nɔ se natin. Dɛn wet we Ɛku nɔ de, dɛn dɛn go insay di rum, pul di pɔt ɛn put an na di tebul. Naim Fumi se, "Lili pɔt, du yu wok; lili pɔt, du yu wok." As i se so, ɔl kayn it bɔs kɔmɔt. Fumi ɛn in brɔda ɛn sista fɔdɔm pan di it. Dɛn it te dɛn nɔ ebul it egen.

Wɛn dɛn dɔn, dɛn wan put di pɔt bak usay Ɛku bin ayd am. Naim dɛn sista, Sera se, "Bo luk we dis pɔt dɔti, mek wi nɔ lɛf am so; mek wi was am." Dis na bikɔs Sera in mama bin dɔn tich in gyal pikin se i fɔ ɔlwez kip pɔt ɛn pan dɛn klin; nɔ fɔ lɛf dɛm dɔti wan. So, Sera was di pɔt klin, bifo dɛn put am bak usay dɛn brɔda bin ayd am.

Bay di tɛm we Ɛku kam bak na os, angri bin dɔn mɔna am. So, i go insay di rum ɛn lɔk di do. I pul di pɔt, put am na di tebul ɛn se, "Lili pɔt, du yu wok; lili pɔt, du yu wok." Bɔt di pɔt jɛs ful wit ɔt wata. Ɛku kɔnfyus. I nɔ no wetin apin so, i trowe di wata. I put di pɔt bak na di tebul. I se, "Lili pɔt, du yu wok; lili pɔt, du yu wok." Di pɔt ful wit ɔt wata bak. So, Ɛku kɔmɔt na di rum ɛn rɔn go bak na di ol usay i bin mit di grani we bin gi am di pɔt. I mit am sidɔm na di sem say usay i bin lɛf am. I tɛl am wetin apin bɔt we di pɔt jɛs de ful wit ɔt wata, ɛn i nɔ bin de pul it egen.

Naim di grani se, "Nɔ wɔri, a go gi yu wan ɔda tin." Di grani pɔynt to di brum we Ɛku bin tek swip fɔ ram di fɔs tɛm we i bin go de. I se, "Wɛn yu fil fɔ it, le dis brum pantap di tebul ɛn se, 'Alagba, du yu wok.'"

Ɛku tɛl di grani plɛnti tɛnki ɛn tek di brum go. Wɛn i rich na os, i go insay di rum, lɔk di do, put di brum pantap di tebul ɛn se, "Alagba, du yu wok!" I nɔ tɔk am tu tɛm sɛf, naim di brum jomp kɔmɔt na di tebul, ɛn bigin flag am. I flag Ɛku te, i bigin ala. I rɔn go opin di do, ɛn rɔn go na do. Ɛnisay we i go, di brum de fala am ɛn de flag am, de flag am, de flag am.

A tink se na Ɛku in pɔnishmɛnt dat fɔ we i nɔ sheb wetin i bin gɛt, wit in mama ɛn in brɔda ɛn sista dɛm. Gridi nɔ gud.

Dis stori de tich wi se, "Fɔ kip ɔltin fɔ yu wangren, nɔ fayn."

Greed Does Not Pay

There was hunger in a town, with very little to eat. A woman managed to get some beans that she boiled for herself and her four children. It didn't take long for the children to finish their meagre meal. All of them wiped their plates clean until only a single bean was left on the plate of Eku, the eldest. He was about to put this bean into his mouth when it fell and started rolling away.

He started running after it. "If you think I'm going to let you go, you're joking," he called out to the rolling bean. "I am going to catch you and eat you!"

The bean kept rolling until it rolled into a hole.

"I don't care where you go. I shall follow you until I catch you," he shouted, jumping into the hole. When he got up from where he fell, he saw an old woman sitting in a corner.

"Grandma, good evening, ma," Eku said.

"Good evening, little boy," she answered. "What have you come to do here?"

"I am looking for my bean, ma. Where I come from, we are very hungry. We don't have much to eat. This bean was the last one on my plate and I was just about to eat it when it rolled away and fell down this hole. If I find it, I shall just eat it and go away, ma.

"I was looking for someone who would help me to sweep my room. Will you help me to sweep?"

"Yes, ma." He took the broom that was lying in one corner and started sweeping. He was thinking that he might find his bean as he was sweeping. But he did not. After he had finished, he put the broom back.

"Thank you very much, my child," the woman said. "You have done very well and I'm going to give you something for your hard work." She bent down and pulled out a small, black iron pot from under the bed. She gave it to him. "You must do everything I tell you with this pot. If you do, you will never be hungry again. Whenever you're hungry, bring the pot out and put it on a table. Then say to it, 'Little pot, make food for me; little pot, make food for me.' Whenever you say that, you will have plenty of food to eat. After that, keep it again. One important thing you must remember, though, is that you must never wash this pot. It should always remain like this."

"Thank you, ma. Thank you very much. I'll do everything you say," Eku promised, with a big smile.

He ran home with the pot hidden under his shirt, made sure no one was watching, went into their room and locked the door. He put the pot on the table and said, "Little pot make food for me; little pot, make food for me." Immediately, there were all kinds of food on the table – fufu and palava sauce, jollof rice, and beans with akara, plantains and sweet potatoes – all the things that Ɛku loved. He ate until he was full. Then he wiped his mouth with his hand to remove all traces of food and pushed the little pot under the bed. After that, he went outside to join his brothers and sister.

From then on, whenever he felt hungry, he would sneak into their room, shut the door and pull out the little black iron pot from under the bed. As before, he would put it on the table and give the command, "Little pot, make food for me; little pot, make food for me," and out of the pot would come all the foods that he loved. After eating to nearly bursting point, he would hide the pot under the bed and go out to join his brothers and sister again. He would even join them in complaining about how hungry he was.

Soon, however, his family noticed how well and healthy he looked. While they continued to lose weight and were beginning to look like mere skin and bones, their brother seemed to be putting on weight and he did not look at all like someone who was starving.

One day, one of Eku's brothers, Fumi, started following him as he went to their room. "What are you following me for?" he shouted when he turned and saw his little brother behind him. "Go away! I don't have anything for you."

Fumi pretended to turn back but waited for his older brother to go into the room and shut the door behind him. He then went and peered through a hole in the door. He saw Eku pull out the pot from under the bed and put it on the table. He heard him speak to the pot, "Little pot, make food for me; little pot make food for me."

Fumi's eyes grew wide when he saw all the food that came out of the pot. His stomach rumbled as he watched his big brother eating all by himself. He watched until he finished eating and returned the pot to its hiding place.

As Eku prepared to come out, he ran to tell his brothers and sister what he had seen. They decided to keep quiet about what they'd heard. When he went out the next day, they said, they would go and find out whether what Fumi had told them was true.

The next day, as soon as brother Eku went out, they went into the room and shut the door. Fumi put his hand under the bed and pulled out the little, black, iron pot. He put it on the table and repeated what he had heard his big brother say: "Little pot, make food for me; little pot, make food for me." Immediately, all kinds of food began to come out of the pot. There was rice and chicken stew, potato leaves stew with dried fish and fufu and okra sauce. Delighted, the hungry children fell on the food and began to eat. As they ate, the pot kept bringing out more food. They ate until they could eat no more. After they had finished, Sarah, their sister whom their mother had taught well about keeping pots and pans clean, told her brothers that she was going to wash the pot. "It's too filthy," she said. Her brothers agreed with her and waited for her to wash the pot clean before putting it under the bed again.

Not too long after, Eku returned home. He was famished after a long day in town. Without saying anything to anyone, he went into the room, slammed the door shut and pulled out his pot. "Little pot, make food for me; little pot make food for me," he demanded. The pot filled up with hot water. Confused, he opened the door and threw the water out. Then he put the pot back on the table and spoke the magic words to the pot again. Once more, the pot filled up with hot water. This time, he opened the door, threw out the water and ran off with the pot, not bothering to hide it as he went.

When he arrived at the old woman's hole, he told her exactly what had happened, how the pot had stopped giving him food and was just filling up with water.

The old woman said, "Don't worry, I'm going to give you something else. She pointed to the broom leaning against the wall, which Ɛku had used to sweep her room the first time he had gone there. "Take that broom. Whenever you're hungry," she told him, "Put it on the table and say to it, 'Alagba, do your job.'"

Eku thanked the old woman and ran home. By now, he was really hungry. As soon as he got home, he went straight into the room and slammed the door shut. He carefully put the broom on the table and instructed, "Alagba, do your job."

As soon as the words were out of his mouth, the broom rose from the table and began hitting him. He tried to get away from it, but he couldn't escape. The broom hit him all over and he started shouting for help. At last, he was able to open the door, but the broom followed him outside and kept hitting him.

This was Eku's punishment for being greedy and not sharing with others.

MORAL: Keeping everything for yourself could land you in hot waters.

3: Bra Kɔni Rabit Ɛn Bra Fɔks

Bra Kɔni Rabit ɛn Bra Fɔks nɔ bin gri at ɔl. Bra Fɔks biliv se Bra Kɔni Rabit tink tu mɔs bɔt insɛf bikɔs di ɔda bif dɛn kin tɔk aw i gɛ sɛns ɛn nɔbɔdi nɔ ebul mek am ful. Bra Kɔni Rabit in jɛs nɔ lɛk Bra Fɔks. Ɛnisay we i gɛ chans fɔ tɔk bɔt Bra Fɔks, na so i kin de tɔk bad bɔt am. I kin tɔk bɔt in lɔng mɔt, in big big yes dɛm ɛn in smɔl yay dɛm we sho se nɔbɔdi nɔ fɔ trɔs am. Bra Kɔni Rabit kin ɔlso tɔk se, Bra Fɔks na big big fulman; na trɛnk nɔmɔ i gɛt.

Bra Fɔks dɔn yɛri ɔl di tin dɛm we Bra Kɔni Rabit kin tɔk bɔt am, so i mek ɔp se, di bɛs tin we i kin du fɔ insɛf na fɔ kil ɛn it Bra Kɔni Rabit. I tink i tink sote, naim i mek wan plan we i shɔ se go mek Bra Kɔni Rabit fɔdɔm insay in trap. Wande, i kɔl in wɛf ɛn in pikin dɛm ɛn tɛl dɛm se in de fɔm day. Na so dɛn ɔl yay opin wayd de luk am. Bra Fɔks tɛl dɛm se in de go ledɔm na in rum ɛn mek lɛkɛ se in day. Dɛm fɔ go tɛl ɔlman na di vilej se i go slip na nɛt, bɔt wɛn mɔnin kam i nɔ grap. Bra Fɔks tɛl dɛm se dɛn ɔl fɔ mek lɛkɛ fɔ se dɛn de kray fɔ di ɔt ɔt bɛrin we mit dɛm. I tɛl dɛm se, wɛn ɛnibɔdi kam luk in dede bɔdi na in wan fɔ go insay di rum go luk am. Nɔn tu bif nɔ fɔ go insay togɛda. Wit da plan de, Bra Fɔks bin shɔ se wɛn Bra Kɔni Rabit kam fɔ kam luk am, in go dɛs kech am ɛn swɛla ram.

Di nɛks de mɔnin, Bra Fɔks in neba dɛn yɛri lawd lawd bita bita kray de kɔmɔt usay i tap. Dɛn ɔl rɔn go de fɔ go si wetin apin. We dɛm rich, nain mami Fɔks, na so wata ful in yay, tɛl dɛm se, in man go ledɔm gud, gud wan na nɛt, bɔt wɛn dɛn ɔl grap na mɔnin, na Bra Fɔks nɔmɔ nɔ grap. Naso sɔm ɔf Bra Fɔks in padi dɛn ala wɛn dɛn yɛri dis wɔd. Dɛm bin fil am bad bad wan. We dɛm kɔmɔt na di bɛrin os dɛn go rawnd go bigin prɛd di yus se, Bra Fɔks dɔn day.

Wɛn Bra Kɔni Rabit yɛri di wɔd, i wɔnda. Aw dis kayn tin fɔ bi? Wande i nɔ apin to ɛniwan na dɛn vilej. So, i tɛl di wan dɛn we kɛr di yus go se, in nɔ go biliv se Bra Fɔks dɔn day, pas in si in dede bɔdi koro koro wan wit in yon tu bɔl yay.

Dis wɔd rich Bra Fɔks in wɛf ɛn i sɛn tɛl ɔlman se, dɛn kin go luk Bra Fɔks in dede bɔdi fɔ dɛnsɛf bifo dɛn go bɛr am.

Ɔl di bif dɛn bigin trup go na Bra Fɔks in os. Wan bay wan, dɛn go luk am usay i ledɔm. Wɛn Bra Kɔni Rabit yɛri di wɔd, i sɛn go tɛl in kɔzin we nɛm Ari, fɔ kam fala ram go na Bra Fɔks in os. Wɛn dɛn rich, dɛn ɔltu bin wan go luk di dede bɔdi togɛda, bɔt Mami Fɔks tap dɛm. I tɛl dɛm se na wan bay wan dɛm fɔ go insay. So, Bra Kɔni Rabit drɔ in kɔzin go na kɔna. I tɛl am se mek in fɔs go luk Bra Fɔks ɛn in go de rayt biyɛn am. I tɛl Ari se wɛn I dɔn luk Bra Fɔks, i nɔ fɔ ɔri fɔ kɔmɔt na di rum. I fɔ waka slo slo, dɛn in di Bra Rabit go rɔsh go insay. So dɛn tu go de insay di rum, bɔt wan go de go na do, ɛn di ɔda wan go de go insay.

Bra Kɔni Rabit ɛn in kɔzin wet mek nɔbɔdi nɔ de go luk di dede bɔdi, dɛn dɛn go bifo. Mami Fɔks de wach dɛm. Kɔzin Ari go insay go luk, dɛn i tɔn fɔ kam na do. Wɛn Bra Kɔni Rabit si dat, naim in go insay fɔ go luk. Da tɛm de, in kɔzin de waka wan, wan de go. Wantɛm na in Bra Kɔni Rabit tɔk lawd wan mek in kɔzin ɛn Bra Fɔks in wɛf yɛri, "Na di fɔs tɛm dis a de si fɔks we dɔn day, in mɔt lɔk ɛn in yes dɛm tinap so."

As i se so naim Bra Fɔks opin in mɔt ɛn mek in yes dɛm ledɔm, smɔl.

Bra Kɔni Rabit bɔs big, big laf. I tɛl in kɔzin se, "Kɔz, lɛ wi go ya. A dɔn kam wek Bra Fɔks we bin dɔn day bɔt in mɔt lɔk ɛn in yes dɛm kak lɛkɛ we diya yɛri gɔn na bush. Ɔlman go biliv mi naw we a kin se Bra Fɔks na big, big fulman."

Dis stori de tich wi se, "Nɔ fɔ tray fɔ mek ɛnibɔdi ful we yu no se gɛ sɛns pas yu."

Brer Cunning Rabbit and Brer Fox

Brer Cunning Rabbit and Brer Fox could not stand each other. Brer Fox thought Brer Cunning Rabbit thought too highly of himself because everyone always spoke of how smart and clever he was; no one could easily fool him. Brer Cunning Rabbit on the other hand, just could not stand Brer Fox. Whenever there was anyone who would listen, he had nothing good to say about him. He said his mouth was too big, his ears were too long, and his eyes were so small that no one with any sense should trust him. Brer Cunning Rabbit also said that Brer Fox had brawn and no sense.

Brer Fox had heard everything that his archenemy said about him, and he decided that the best way to end the feud between them was for him to catch and make a meal out of Brer Cunning Rabbit. After much thought, he devised a plan that he was sure would bring an end to Brer Cunning Rabbit.

One day he told his wife and children that he was going to lay on his bed and pretend that he was dead. His family stared at him eyes wide open, not sure what he was getting at. Brer Fox instructed them to go and tell their neighbours that he had failed to get up from his bed one morning and must have died in his sleep. He told them to make sure that their wailing looked sincere because of the sudden death of their husband and father. Brer Fox's final instruction was that when the animals went to look at his dead body, they should go in one after the other. Not more than one person should go in at a time. That way, he thought to himself, he would be able to catch Brer Cunning Rabbit very easily.

The next morning, neighbours heard loud wailing coming from Brer Fox's compound. When they went to find out what had happened, Mammy Fox, with tears in her eyes, told them that her husband had not woken up from his sleep the night before. Everyone in their household was up, except him. There was great grief among Brer Fox's neighbours and friends. They soon went around spreading the word that he had died during the night.

When Brer Cunning Rabbit heard the news, he was taken aback. Nothing like this had ever happened in their village. He told the bearers of the news that he would not believe what had happened until he saw his old enemy's dead body with own two eyes. Brer Cunning Rabbit's words soon got to the ears of Brer Fox's wife, and she sent word out that anyone who wanted to see his carcass could go to his room to do so before they buried him.

All the animals began trouping to Brer Fox's home. One by one they went to him to see where he lay dead. When Brer Cunning Rabbit heard about this, he sent to ask his cousin, Brer Hare, known as Ari, to accompany him to see the dead fox. When they got to Bra Fox's house, they wanted to go into his room together, but Mammy Fox stopped them. They could only go in one after the other. So, Brer Cunning Rabbit drew Cousin Ari aside and told him that he should go in first. After looking at dead Brer Fox, he was to turn and walk out very slowly. Then he, Brer Cunning Rabbit, would rush in to view the body. So, Cousin Ari would still be in the room when Brer Cunning Rabbit went in.

Brer Cunning Rabbit and his cousin waited until everyone had gone before moving forward. Mammy Fox watched them. Just as they had planned, Cousin Ari went in first, stared at the body and turned to leave. As he slowly walked out, Brer Cunning Rabbit walked in. He looked down at the body and immediately exclaimed, "This is the first time I'm seeing a dead fox whose mouth is not open and whose ears are standing straight up."

When Brer Fox heard this, he opened his mouth and made his ears flop down a little.

When Brer Cunning Rabbit saw this, he laughed loudly. He said to his cousin, "Come, let's go. I managed to wake up a dead fox whose mouth was tightly shut, and his ears were as pricked-up as when a deer hears the sound of a gun. Everyone will believe me now when I say that Bra Fox is the biggest fool that ever lived."

Moral: Don't try to outwit someone whom you know is smarter than you.

4: Aw Bra Tɔtɔys Kam Fɔ Rayd Lɛpɛt Lɛkɛ Ɔs

Bra Tɔtɔys na bin animal we ebul mek mɔt. Ɛnitɛm we in ɛn dɛn ɔda bif de tɔk, i kin tɔk lɛk se, i kin du ɛnitin ɛn nɔbɔdi nɔ de we gɛt sɛns pas am. So, wan de, dɛn de tɔk bɔt Bra Lɛpɛt, aw i gɛt trɛnk, aw i kin rɔn pas ɔlman, ɛn nɔbɔdi nɔ ɛbul fɛt am.

Bra Tɔtɔys se, "Na Lɛpɛt una de tɔk bɔt? Da wan de, a kin rayd am lɛk ɔs." Ɔl di bif dɛm bɔs laf. Dɛn se, "Yɛri Bra Tɔtɔys ɛn in big mɔt. Usay yu ɛbul frɔnt Bra

Lɛpɛt sɛf, bifo wi go se rayd am? Na big mɔt nɔmɔ yu de mek."

Bra Tɔtɔys se, "Ok. Tumara mɔnin, una ɔl gɛda bifo kiŋ in os; a go rayd Lɛpɛt lɛkɛ mi ɔs, mek una ɔl si." Bra Tɔtɔys go om, kɔl ɔl in pikin dɛm ɛn tɛl dɛn se, "If ɛnibɔdi kam to mi, una tɛl am se a nɔ wɛl."

Bra Tɔtɔys go insay, i rɔb in fes wit gris, i bɔs wan rɔ eg, put an insay in jɔ, ɛn lidɔm kɔba blankit.

Di nɛks de mɔnin, Bra Lɛpɛt rɔn kam wit vɛks na Tɔtɔys in yad. "We di Bra Tɔtɔys we se in go rayd mi lɛkɛ ɔs?" I rɔn go insay Bra Tɔtɔys in os. "Na yu go tɛl ɔlman se yu go rayd mi lɛkɛ ɔs?

Na so Bra Tɔtɔys de trimbul lɛkɛ i gɛt ay ay fiva. We i de tɔk, na so in tit dɛn de nak. "Mi? Us tɛm? Dis ɔmɔs de, a sik, a nɔ ɛbul kɔmɔt. Ustɛm mi tɛl ɛnibɔdi wɔd lɛk dat? Mi we de fred yu so, go tɔk wɔd lɛkɛ dat bɔt yu? Duya, Bra Lɛpɛt, mek wi kam go fut to fut to dɛn wan we se a tɔk so bɔt yu. Mek dɛn luk mi koro koro wan na mi yay ɛn se na so a se."

Bra Lɛpɛt se, "Ɔrayt, mek wi go."

So, Bra Tɔtɔys grap saful kam dɔŋ di bed. Na so i de pini, "Way! Way!" te i wɛr klos ɛn bigin waka slo, slo wan. Bra Lɛpɛt in wan ɔri fɔ mek dɛn rich to di kiŋ, bɔt Bra Tɔtɔys in de waka wan, wan.

Wɛn Bra Lɛpɛt ala se mek i waka fas, i se, "Bra Lɛpɛt, yu si se a sik; a nɔ go ɛbul waka fas. Duya, if yu kin tot me, dɛn yu kin rɔn wit mi mek wi rich jisnɔ."

Bra Lɛpɛt se, "Ɔrayt, klem na mi bak." So, Bra Tɔtɔys tektɛm klem go na Lɛpɛt in bak. Dɛn Lɛpɛt bigin rɔn.

As dɛn de go, naim Bra Tɔtɔys slipul kɔmɔt na Lɛpɛt in bak, ɛn fɔdɔm. I se, "Bra Lɛpɛt, duya, a go slipul kɔmɔt bak; mek wi kɔt sɔm pamlif mek a put am rawnd yu nɛk ɛn ol am mek a go stɛdi na yu bak". Lɛpɛt sɛf gri.

Bra Tɔtɔys kam dɔŋ, kɔt sɔm pamlif dɛm ɛn twis dɛm sote dɛn tan lɛkɛ rop. Wɛn i dɔn dɔn, i go ɔp bak pantap Lɛpɛt in bak ɛn put di rop rawnd in nɛk ɛn ol am. Dɛn de go, dɛn de go. Afta sɔm tɛm, Bra Tɔtɔys mek di eg we i bin put insay in jɔ, bigin de rɔn kam dɔŋ in mɔt. Wɛn flay dɛn smɛl di eg, dɛn bigin fala Bra

Lɛpɛt ɛn Tɔtɔys. Bifo jako kɔt yay, di flay dɛn kam bɔku tete sɔm bigin flay go insay Lɛpɛt in yay. Lɛpɛt aks se, "Usay dɛn bɔku flay ya kɔmɔt?"

Bra Tɔtɔys tɛl am se, "Na we ɔl dɛm dezs ya we a sik, a nɔ bin de was mi mɔt na mɔnin. Na di smɛl we i de smɛl, na in de drɔ dɛn kam so. Na fɔ stɔp mek a kɔt wan smɔl tik we a go tek de drɛb di flay dɛn mek dɛn nɔ ambɔg yu."

Bra Lɛpɛt gri. So, wɛn dɛn rich wan mangro tik, naim Bra Lɛpɛt stɔp mek Bra Tɔtɔys go brok wan di an dɛm we i go tek fɔ drɛb di flay dɛm. Bra Tɔtɔys naw dɔn de pantap Bra Lɛpɛt in bak, i dɔn gɛt rop rawnd in nɛk, so dat I nɔ gɔ fɔdɔm, ɛn i dɔn ol wan tik na in an lɛkɛ ɔs wip. Bay da tɛm de, dɛn dɔn de rich frɔnt di kiŋ in os, usay ɔl di bif dɛm bin dɔn gɛda. Di kiŋ insɛf bin sidɔm de.

Wɛn di bif dɛn si Bra Lɛpɛt ɛn Bra Tɔtɔys de kam, dɛn bigin ala, "Luk! Bra Tɔtɔys de rayd Bra Lɛpɛt lɛkɛ in ɔs." Dɛn ɔl bigin jomp ɛn klap wit gladi.

Wɛn Bra Tɔtɔys si se ɔlman dɔn si dɛm, naim i gi Bra Lɛpɛt wan na in wes wit di swaysway we in bin ol. I bin so at dat Bra Lɛpɛt ala, "Way!"

Bra Tɔtɔys ala se, "Bra Lɛpɛt, a beg o! Na wan flay kam na mi yay we mek a mistek nak yu!"

Bra Lɛpɛt insɛf, instɛd ɔf i fɔ tap fɔ rɔn, na da tɛm de i chuk spid. I rɔn pas di bif dɛn ɔl we bin de wach, go rawnd di kiŋ in kɔmpawnd bifo i kam bak kam tap bifo di bif dɛm. Da tɛm de, dɛn ɔl bin de ala ɛn laf ɛn jomp wit gladi fɔ dis tin we Bra Tɔtɔys mek dɛn witnɛs.

As Bra Lɛpɛt butu in ed wit shem, Bra Tɔtɔys kam dɔŋ in bak. Ɔl in tit de na do as i baw to di kiŋ ɛn to ɔl in padi dɛm we bin go wach di sho ɛn bin de klap fɔ am.

As di kiŋ grap fɔ go insay in os i se, "Bra Tɔtɔys dɔn sho wi se, ɔldo i nɔ gɛt trɛnk, i gɛt sɛns."

Dis stori de tich wi se, "Sɛns pas trɛnk."

How Brer Tortoise Rode The Leopard Like A Horse

Brer Tortoise loved to boast. Whenever he and the other animals were together, he would claim to be able to do anything and that no one was as clever as he was. One day the conversation turned to a discussion about Brer Leopard. The animals talked about how strong he was and how fast a runner he was. No one could outrun him, and no one could beat him in a fight.

When Brer Tortoise could get a word in, he said, "Is it Leopard you're talking about? That one, I can ride him like a horse."

All the animals burst out laughing. Some said, "Listen to Brer Tortoise and his big mouth! He is not able to stand face to face with Brer Leopard, let alone ride him!"

Brer Tortoise said, "Okay, tomorrow morning, I want all of you to meet in front of the king's house.

There, all of you will see me riding Brer Leopard like a horse."

Brer Tortoise went home and called his children together. He told them, "If anyone comes to visit me, tell them that I am sick in bed."

After Brer Tortoise sent them away, he smeared his face with grease, broke a raw egg and put the contents in his cheek, then went and lay on his bed. He covered himself with a blanket.

The next morning, word having reached him, an angry Brer Leopard came running to join the other animals. "Where is Brer Tortoise who said he would ride me like a horse?" he demanded. When he did not see Brer Tortoise, he ran to his room and went inside. "You dared to tell everyone that you could ride me like a horse?"

Brer Tortoise lay in his bed, trembling like a cocoa leaf in very high winds. "Me? When did I say that? I've been in bed all this time. I don't even remember the last time I went outside. When did I tell anyone something like that? And would someone like me, who is so afraid of you, say that to anyone? Brer Leopard, let us go to the ones who told you that I said that. Let them look me in the eye and tell me that I said anything like that."

Brer Leopard agreed. "Okay, let's go."

Brer Tortoise got up slowly and carefully from the bed. He groaned pitifully as he slowly put on his clothes. Then he began crawling towards the door.

Brer Leopard waited impatiently outside. He wanted to get to the king's house as soon as possible so he could meet with all the animals waiting there. As Brer Tortoise walked slowly towards him, he shouted at him to hurry up.

"Brer Leopard, you see how ill I am. I can't walk fast at all. Please, if you can carry me, then you can run with me and we shall soon get there."

"Alright, Brer Leopard said. "Come on my back!"

Brer Tortoise did just that. And Brer Leopard started running.

They had not gone very far when Brer Tortoise slipped off Brer Leopard's back and fell to the ground. "Brer Leopard," he said, "please, just so I do not fall off a second time, let us cut some palm leaves which I shall tie around your neck like a rope; I shall hold on to it so that I shall remain steady as we go along."

Brer Leopard agreed. Brer Tortoise found the palm leaves, made the rope, got up on Brer Leopard's back once more and they continued the journey at a fast pace. Now, Brer Tortoise carefully opened his mouth a little and the egg he had kept there, began to dribble out. Soon flies were attracted to its smell, and they began to follow Brer Leopard and Brer Tortoise. Some of them even began to get into Brer Leopard's eyes.

"Where did all these flies come from?" he asked, slowing down a little and blinking rapidly.

"Sorry, Brer," Brer Tortoise said. "Because I have been ill, I've not been able to wash my mouth as I usually do in the mornings. It's the bad odor from my mouth that's attracting them. Slow down a little so I can cut a small branch that I'll use to drive them away. Then they won't irritate you."

Brer Leopard thought this a wise suggestion. He stopped under a mango tree, cut off a sizeable branch and before long, they were on their way again.

So now, Brer Tortoise was riding on Brer Leopard's back, holding on to the palm rope around his neck, the same way anyone riding a horse would do, and using the mango branch as a whip. It wasn't long before the king's house came in sight. Brer Tortoise could see that all the animals were gathered outside, waiting expectantly. Even the king himself was there, sitting on his throne.

Soon Brer Leopard and Brer Tortoise were close enough for all the animals to see them. "See, Brer Tortoise is riding Brer Leopard like a horse, just like he said he would," they shouted, laughing and jumping with excitement. Some slapped each other on the back, while others shook hands as they marveled at the unusual scene.

Just as they got in front of the spectators, Brer Tortoise gave Brer Leopard a sharp swipe on his rump with the mango branch. Brer Leopard screamed in pain and picked up speed.

"Sorry, my friend," Brer Tortoise shouted above the noise. One of the flies got in my eyes and made me do that!"

Instead of slowing down, Brer Leopard increased his speed and ran around the king's palace. The animals jumped and cheered loudly. Even the king got up the better to see what was going on. Brer Leopard came round the palace and stopped in front of all the animals. Only then did he realize what had happened. He hung his head as Brer Tortoise calmly got off his back. With a broad grin on his face, Brer Tortoise bowed first to the king, then left and right to the cheering crowd before going on his way.

Shaking his head, the king remarked, "Indeed, wisdom is better than strength."

MORAL: It is better to be wise than to be strong.

5: Gud Bɔd Gi Mi Mi Klos O

Wan mami bin de. I gɛt tri pikin - tu big wan ɛn wan lili wan. Di tu big wan dɛm na bin twin. Dɛm min nem, Kayinde ɛn Taywo. Di lili wan nem Dowu. In nem min, twin bɛnch.

Ɛvri Satide, dɛn mami kin mek lili makit ɛn gi Kayinde ɛn Taywo fɔ go sɛl. Wɛn dɛn kam om, dɛn kin tɛl dɛn lili brɔda, Dowu, ɔl wetin dɛn si ɛn ɔl wetin bi na makit. Dowu insɛf kin wan go wit dɛm, bɔt dɛn mama nɔ ba gri.

I kin se, "Yu tu tranga yes; yu nɔ de yɛri wɔd. Yu nɔ go yɛri yu brɔda dɛn wɔd, ɛn yu go wan go ple na wata."

Dowu kin beg in mama ɛn se i go yɛri in brɔda dɛn wɔd ɛn i nɔ go go ple na wata. So wan Satide, wɛn i dɔn mɔna mɔna in mama fɔ mek i fala in brɔda dɛn, in mama gri. I se, "Ɔrayt, fala dɛn go nɔ, bɔt nɔ go ple na wata o, yu yɛri?" So, di tri bɔbɔ dɛn lɛf fɔ go sɛl na makit.

Dɛn dɔn sɛl ɔl fayn fayn, ɛn bigin waka go om. Wɛn dɛn rich wan watasay, naim Dowu tɛl in brɔda dɛn se mek dɛn jɛs go was lilibit na dis watasay, bifo dɛn go om.

Di brɔda dɛn se, "Nɔ-o, mama bin dɔn tɛl wi se, wɛn wi kɔmɔt na makit, wi fɔ go tret na os ɛn wi nɔ fɔ go ple na wata."

Naim Dowu bigin kray ɛn beg dɛn. I se, "E bo, lɛ wi jɛs go ple lilibit; wi nɔ go te, ɛn mama nɔ go no."

Kayinde se, "Nɔ, wi nɔ fɔ jomp mama in wɔd."

So, Dowu bigin kray bita bita wan, ɛn de beg in brɔda dɛn. I mɛk lɛkɛ se in go day if dɛn nɔ go insay di wata go ple. Dɛn big brɔda ya, dɛn bin lɛk dɛn lili brɔda bad ɛn dɛn nɔ lɛk we i de kray so.

I kray so te in brɔda dɛn se, "Ɔrayt, mek wi go ple lilibit na di wata." So dɛn go, dɛn put dɛn lod dɔŋ, dɛn pul dɛn klos, put dɛn pantap wan ston ɛn go insay di wata. Dɛn ple, sote dɛn taya. Dɛn ɛnjɔy dɛnsɛf gud fashin.

Wɛn dɛn go fɔ go tek dɛn klos fɔ wɛr, dɛn nɔ si natin. Usay dɛn klos dɔn go? Dɛn luk ɔlsay, dɛn nɔ si dɛn klos. Naim Taywo luk ɔp wan tik. I si wan big, blak bɔd, we dɔn tek ɔl dɛn klos go ɔp di tik. Naim dɛn beg dis bɔd se duya mek i gi dɛn dɛn klos. Naim di bɔd se, udat siŋ fayn fɔ mi go gɛt in klos.

Na Taywo fɔs bigin siŋ:

Gud bɔd gi mi mi klos o, gud bɔd;
mi mama go flag mi, gud bɔd;
Gud bɔd laf kwe-kwe,
gud bɔd

Gud bɔd gi mi mi klos o, gud bɔd;
mi mama go flag mi; gud bɔd;

Gud bɔd laf kwe-kwe,

gud bɔd

I siŋ, i siŋ, i siŋ, te di bɔd sɔri fɔ am. I ib Taywo in klos dɛm gi am, ɛn i mekes wɛr in klos bak.

Kayinde insɛf siŋ di sem siŋ we in patna bin siŋ:

Gud bɔd gi mi mi klos o, gud bɔd;

mi mama go flag mi, gud bɔd;

Gud bɔd laf kwe-kwe

gud bɔd

Gud bɔd gi mi mi klos o, gud bɔd;

mi mama go flag mi, gud bɔd;

gud bɔd laf kwe-kwe

gud bɔd

I siŋ so te di bɔd ib insɛf yon klos gi am.

I lɛf Dowu naw. Wɛl, dis wan in bin gɛt big gɔvna get, so i de shem fɔ opin in mɔt fɔ siŋ. So, i sɛt in mɔt tayt wan, ɛn bigin ɔm:

m – m – m – m – m – m – m

m – m – m – m – m – m

m – m

m – m – m – m – m – m – m

m – m – m – m – m – m

m – m

Naim di bɔd se, "Yu nɔ rɛdi fɔ gɛt yu klos yet; nɔ opin yu mɔt ɛn siŋ. Yu nɔ go gɛt yu klos te te yu siŋ fayn."

Dowu bigin ɔm bak:

m – m – m – m – m – m – m

m – m – m – m – m – m

m – m

m – m – m – m – m – m – m

m – m – m – m – m – m

m – m – m – m – m

Aw i de ɔm naim di wata bigin swɛl. Di wata we fɔs bin kɔba in fut, swɛl naw rich in ni. We in tu brɔda dɛn si wetin de apin, dɛn bigin ala pan am se, "Siŋ nɔ! Yu wan lɛ di wata kɔba yu ɛn lɛ wi lɛf yu na ya?"

Dowu jɛs tinap insay di wata de ɔm. I nɔ te, naim di wata swɛl, te i rich in wes. I stil nɔ gri opin in mɔt. Di bɔd in de ɔp di tik de luk fawe.

We Kayinde ɛn Taywo si dis naim dɛn bigin siŋ:

Gud bɔd gi wi brɔda in klos o, gud bɔd;
Wi mama go flag am, gud bɔd;
gud bɔd duya wi de beg, o
gud bɔd.

If di bɔd mek lɛkɛ in yɛri sɛf, na tumara! I dɛs de luk fawe.

We Kayinde si dat ɛn i si se di wata jɛs de rayz, naim i pul in klos bak ɛn dayv insay di wata go mit in smɔl brɔda. Wɛn Taywo si dat, insɛf mekes pul in klos ɛn go mit in brɔda dɛm. Dowu bigin fɛt dɛm, lɛkɛ aw pɔsin we de drawn kin du, bɔt i nɔ bin ebul dɛm. So dɛn ɔltu drɛg am kɔmɔt insay di wata kam na dray grɔn. Wɛn di bɔd si wetin dɔn apin, I tek in mɔt push Dowu in klos dɛn go na grɔn ɛn flay go. As i de go i de ala, *kwe-kwe, kwe-kwe*, te dɛn nɔ si am ɔ yɛri am egen.

Taiwo ɛn Kehinde tek Dowu in klos ɛn wɛr dɛm pan am. As dɛn de go, dɛm bigin tɔk pan am. "Yu si wetin bin wan apin we yu wan go ple na wata? Dis na di las tɛm we yu de fala wi go na makit. Nɛks tɛm, i lɛk mama insɛf sɛf beg wi ɔ yu kray tete yu taya, yu nɔ de kam na makit wit wi, ɔ fala wi go ɛnisay!"

Dis stori de tich wi se, "Pikin fɔ lisin wetin in mama ɛn in big wan dɛm tɛl am. Tranga yes nɔ gud."

Good Bird, Please Give Me My Clothes

There was once a woman who had three children. They were all boys. The two older ones were twins, Kayinde and Taywo. The youngest was called Dowu. His name meant, Twin Bench.

Every Saturday, the mother would make a small set of items and give them to the older ones to go and sell at the market. Whenever they returned home, they would tell Dowu about all they had seen and all that had happened in the market.

He longed to go with them, but their mother never agreed. She would say, "You are too stubborn, you do not listen to what you are told. You will not listen to your brothers, and you would want to go and play in the river."

Dowu would plead with his mother and try to convince her he would do whatever his brothers told him. He promised that he would not go and play in the river.

So, one Saturday, after pestering his mother to allow him to go with his brothers, she agreed. "Alright, you may go with your brothers; but do not go and play in the river. Do you hear?"

"Yes mama," he answered happily.

So, Dowu and his two brothers left for the market. They soon sold everything and started for home. When they got to the riverside, he told his brothers that they should go and swim in the river for just a short while, before going home. His brothers refused.

They said, "No, mama told us that when we come from the market, we should go straight home and not go and play in the river."

Dowu started crying and pleading with them. "Please," he said, "let us play for just a little while. We will not stay long, and mama will not know."

The brothers said, "No, we should not ignore mama's warning."

The little boy continued crying and pleading with his brothers. It seemed as if he would die if they did not go into the river to play. The two brothers loved their little brother very much and they did not like to see him crying. He wept until they gave in. "Alright, let us go and play in the water for a little while."

So, they went down the path to the river. They put down their empty baskets, took off their clothes, put them on top of a large, flat stone and went into the river. They played and played until they were tired. However, when they went to get their clothes, they could not find them. Where had their clothes gone? They looked everywhere, but they could not find them. Then Taywo looked up a tree and saw a big black bird with a massive beak, looking down at them. It had hung all their clothes on a branch close to him. They started begging the bird to give them back their clothes.

The bird replied, “Whoever sings very well for me will get his clothes back.” So, Taywo started singing:

Good bird, O please give us our clothes / Our mother will flog us / Good bird laugh kway-kway / Good bird

He sang and sang and sang until the bird took pity on him and threw his clothes down at him. Taywo quickly put on his clothes.

Then it was Kayinde's turn. He sang the same song:

Good bird, O please give me my clothes / My mother will flog me / Good bird, laugh kway-kway / Good bird

He sang until the bird was satisfied and threw his clothes down to him. Now it was Dowu's turn. It turned out that he had a big opening where some front teeth were missing, and he was ashamed to open his mouth to sing. So, he pressed his lips together and started humming:

m – m – m – m – m – m – m

m – m – m – m – m – m

m – m

m – m – m – m – m – m – m

m – m – m – m – m

m – m

The bird said, "You are not ready to get your clothes yet; if you do not open your mouth to sing, you will never get your clothes."

Dowu started humming again:

m – m – m – m – m – m – m

m – m – m – m – m

m – m

As he was humming, the water began rising. Before long, the water that had only covered his feet at first, rose to his knees. The more he hummed, the faster the water rose. Soon, it reached his waist.

His brothers, who had now put on their clothes, were standing at a distance, looking on. "Open your mouth and sing!" they shouted. "Don't you want your clothes back?" they asked desperately.

Dowu still refused to open his mouth. His lips were still pressed tightly together. Taywo started weeping. "Dowu, open your mouth and sing, so we can go home to mama. She is waiting for us!" he shouted.

Kayinde said, “Maybe if we sing, the bird will send his clothes down.” So, they began singing:

Good bird, O please give our little brother his clothes / Our mother will flog him/ Good bird laugh, kway-kway / Good bird!

The bird pretended not to hear. He kept staring into the far distance.

When Kayinde saw that the bird was not paying any attention and that the water was still rising, he took off his clothes and dived into the water to go and save his little brother. Seeing that, Taywo also took off his clothes and joined them. Dowu tried to fight them off as people who are drowning tend to do, but his brothers were too strong for him. They drew him out of the water and took him to dry ground. When the bird saw what had happened, he shoved Dowu’s clothes off the branch of the tree. After that, he flew off, calling out, *Kwe-kwe, kwe-kwe.*

The twins put their brother's clothes on him and headed for home. They scolded him as they went. "Do you see what would have happened because you wanted to go and play in the water? This is the last time you are going with us to the market. Next time, even if it is mama who asks us to take you, or you cry until you are tired, you are not going to the market or anywhere else with us!"

MORAL: It does not pay to be stubborn.

6: Wetin Mek Fɔl Ɛn Kakroch Nɔ Gri

Fɔl ɛn Kakroch na bin tayt padi. Ɔl tɛm na dɛn tu de waka. If dɛn kɔl dɛn na mared, na dɛn tu go go. If dɛn kɔl dɛn na awujɔ, na dɛn tu go it na di sem plet.

Bɔt Kakroch bin dɔn notis se Fɔl, wit in big ɛn shap bik, bin ebul it fast, ɛn ɔltɛm i kin it bɔku pas am. So, wɛn dɛn kɔl dɛn tu na wan big big biznɛs we plɛnti it go de, Kakroch mek ɔp in maynd se, dis tɛm in wan go go.

So, wɛn di de kam, wɛn Fɔl kam kɔl am fɔ go, i fɔm sik. I ledɔm na in bed, kɔba blankit, ɛn bigin de trimbul lɛk se i sik bad. I se, "Yu si aw a sik, a nɔ go ebul go di biznɛs, o."

Fɔl sɔri fɔ am ɛn se, "If yu nɔ de go, misɛf nɔ go go. A nɔ lɛk fɔ go pan biznɛs mi wan, bikɔs a nɔ go ɛnjɔy misɛf we yu nɔ de."

As Fɔl tɔn in bak, Kakroch jomp kɔmɔt na di bed, i was, i wɛr fayn klos ɛn go di biznɛs in wan. Dɛn pul it fɔ am, i it bɛlful. Dɛn wɛn i dɔn belful, i bigin dans. Wɛn di dans dɔn swit am, i pul siŋ:

A mek Fɔl ful o, kongosa
A se a sik o, kongosa
Sik mi nɔ sik o, kongosa
Jigi jigi, fɔl fut, kongosa

A mek Fɔl ful o, kongosa
A se a sik o, kongosa
Sik mi nɔ sik o, kongosa
Jigi jigi Fɔl fut, kongosa

Wɛn ɔlman yɛri di siŋ, dɛn lɛk am. So, wɛn Kakroch siŋ di fɔs pat, ɔlman bigin ansa, "Kongosa!" Na so dɛn de siŋ ɛn dans, ɛn ɛnjɔy dɛnsɛf.

Na makit Fɔl kɔmɔt, naim i bigin yɛri dis siŋ. I tinap ɛn se, "Nɔ to mi nem a de yɛri so? Ɛn nɔ to Kakroch in vɔys a de yɛri so? Kakroch we tɛl mi se in sik, we mek a nɔ go dis biznɛs? I go mit mi!"

Naim Fɔl put in baskit dɔŋ ɛn go insay di yad fɔ go mit Kakroch usay dɛn de dans. As Kakroch si am de kam so, naim i bigin rɔn. Fɔl insɛf bigin rɔnata am. In plan na bin fɔ rɔnata Kakroch te I kech am, ɛn it am. I se to insɛf, ɔl da it we de insay in bɛlɛ, we na wi tu bin fɔ it, a go it ɔl.

Frɔm da de de, ɛnisay we Fɔl si Kakroch, i de rɔnata am te i kech am, ɛn it am.

Dis stori de tich wi se, "Fɔ lay to yu padi kin pwɛl una padi biznɛs."

The Chicken and The Cockroach

A long time ago, the Cockroach and the Fowl were very close friends. They went everywhere together. If they were invited to a wedding, they would go together. If they were invited to a feast or any gathering, they would eat from the same plate. However, after some time, Cockroach grew unhappy with this arrangement. He had noticed that Fowl was a fast eater and always ate more of the food than him. So, the next time he and Fowl were invited to a big event where he knew there would be lots to eat, he decided that this time he would not go with Fowl. He wanted to eat to his satisfaction. So, on the day of the event, he pretended to be ill.

Fowl, not suspecting anything, got ready and went to Cockroach's house. To her surprise, she met Cockroach all wrapped up in a thick blanket and shivering like he had a bad fever. Fowl felt sorry for him and decided that she would not go to the event without her best friend. "I won't go without you, my friend," she told him. "You know that I've never gone to such events on my own. It would not be fun at all, without you." So, after keeping her sick friend company for a while, she returned to her coop.

No sooner had she left, than Cockroach jumped out of bed, took a bath, dressed up nicely, and went to the event. He was served food and he had plenty to eat. After he had had quite a bellyful, he was so happy, that he started to dance. He danced until a song formed in his head and he started to sing:

I made a fool of Fowl, o, Kongosa;
I said I was sick, o, Kongosa;
And I am not sick o, Kongosa
Jigi jigi *Fowl's feet, Kongosa*

The song had a catchy tune and, in no time at all, the crowd joined in the dancing and singing. They were having a really good time with Cockroach leading the singing and the crowd chiming in with the chorus, *"Kongosa."*

Meanwhile, Fowl had remembered that she had some marketing to do, and left for the market. She was returning home when she heard singing and merry-making at the place where she and Cockroach had been invited. On getting closer, she heard what sounded like her name in the singing. As she got closer still, she heard the voice of Cockroach. This made Fowl really furious. She told herself that she was going to deal with him for lying to her and tricking her so he could go to the party without her. She knew immediately that Cockroach had done it out of greed and selfishness.

So, Fowl put down her basket and went into the party in search of Cockroach. Cockroach saw her coming and feeling guilty about what he had done to his friend, started to run. Fowl saw him trying to escape and started to chase him. He suspected that this was not an ordinary chase, and something bad would happen if Fowl caught up with him. So, he ran as fast as his legs could carry him.

However, because he had eaten a lot, he could not run as fast as he usually did. Fowl said to herself, "Since he has eaten all the food that both of us should have enjoyed, I'm going to have some of it." So, she ran and ran until she caught up with Cockroach and, without stopping to think about it, caught him in her beak and gobbled him up.

That is how the friendship between Cockroach and Fowl ended, and that is reason why whenever Fowl sees Cockroach, she chases, catches him, and eats him up.

MORAL: Never trick your friend; it might turn out very bad for you in the end.

7: Aw Kɔni Rabit Mared Kiŋ Pikin

Wan kiŋ bin de we in wɛf day lɛf wan gren gyal pikin. Dis gyal pikin bin so fayn dat ɔlman bin wan mared am. Bɔt, we na kiŋ pikin ɔlman bin de wɔnda ɔmɔs kɔpɔ dɛn go gɛt fɔ put fɔ am bifo di kiŋ go gri mek dɛn mared am.

Bɔt, di kiŋ sɔprayz ɔlman ɛn se i nɔ want ɛni mɔni fɔ dis in pikin ya. I se, "Di man we wan mared am fɔ jɔs du wan tin nɔmɔ. I fɔ klem wan ay tik na mi yad, ɛn kɔt tu bɔnch faya wud. Ɛnibɔdi we ebul du dat, nɔ go gɛt fɔ pe natin; a go mek i mared mi fayn gyal pikin."

Dis bin tan lɛk se i izi. Bɔt nɔ to bin izi tin at ɔl. Di tik bin gɛt bɔku dɛn anch we de bɛt bad, ɛn di kiŋ se, di pɔsin we de klem di tik nɔ fɔ ala wɛn di anch dɛn bɛt am, ɛn i nɔ fɔ krach di say we dɛm bɛt am.

Bra Lɛpɛt na in fɔs se in de go tray. I tek in kɔtlas, ɛn bigin klem. Di anch dɛm bigin bɛt am. I bia te te, i nɔ ebul bia egen. Aw dɛn de bɛt am, na so i de krach di say dɛn ɔl oba in bɔdi we di anch dɛn de bɛt. I nɔ ebul kɔt ɛni wud sɛf, naim i kam dɔŋ. Di kiŋ se, "Sɔri o, Bra Lɛpɛt; mi pikin nɔ to fɔ yu."

Na so ɔl dɛn bif de kam, de tray fɔ klem dis tik ɛn kɔt di wud bɔt wɛn di anch dɛm bigin bɛt dɛm, dɛn ɔl de ala ɛn krach dɛn bɔdi usay di anch dɛm bɛt dɛm.

Wan de, Kɔni Rabit mit Bra Dia de ala ɛn de krach ɔl oba in bɔdi. I aks am se, "Wetin du yu?"

Bra Dia se, "Na kiŋ in pikin na in a bin wan mared, bɔt tinks nɔ go di we we a want."

Bra Rabit aks am se, "Na wetin bi? Di kiŋ vɛks mek dɛn bit yu se yu fityay am we yu se yu wan mared in pikin?"

Bra Dia se, "Nɔ-o; i se a fɔ klem wan tik ɛn kɔt tu bɔnch faya wud bifo in go gri fɔ gi mi in pikin fɔ mared. Bɔt, di tik ful wit anch dɛm we de bɛt, ɛn di kiŋ se wɛn di anch de bɛt yu, yu nɔ fɔ ala ɛn yu nɔ fɔ rɔb ɔ krach di say dɛn we di anch dɛn bɛt. A tray, bɔt a nɔ ebul, so a lɔs di yɔŋ uman."

Kɔni Rabit se, "Na dat nɔmɔ? Mi de go aks di kiŋ fɔ in pikin fɔ mared."

Bra Dia se, "Kɔni Rabit, i nɔ izi-o! Dɛn anch de, de bɛt bad! Yu nɔ go ebul dɛn."

Kɔni Rabit se, "Bo duya, nɔ wɔri fɔ mi. A dɔn gɛt di uman."

So, Bra Kɔni Rabit go. I mek lɛk se i nɔ no natin bɔt wetin di kiŋ want fɔ in pikin. I tɛl di kiŋ se in kam aks fɔ in pikin fɔ mared ɛn in wan no ɔmɔs di kiŋ go want fɔ di pikin.

Di kiŋ se, "A nɔ want mɔni fɔ dis pikin ya. Di man we go mared am fɔ klem da ay tik de, ɛn kɔt tu bɔnch faya wud. If wɛn i de du dat, anch bɛt am ɔp de, i nɔ fɔ ala, ɛn i nɔ fɔ rɔb ɔ krach di say we di anch dɛn bɛt am."

Kɔni Rabit se, "Na dat nɔmɔ, sa?"

Di kiŋ ansa se, "Na dat nɔmɔ. Bɔt luk Bra Kondo we jɛs kam dɔŋ. Luk we i de krach insɛf ɛn yɛri we i de ala. Yu go ebul?"

Kɔni Rabit nɔ ansa sɛf. I jɛs bigin dans, slap insɛf, ɛn de siŋ:

Di uman na mi yon – o

Di uman na mi yon – o

As i de siŋ ɛn dans, ɔlman bigin wɔnda wetin du Kɔni Rabit.

Wan tɛm, i pik in kɔtlas ɛn bigin klem di tik. Aw i de klem na so i de siŋ lawd lawd wan te i rich ɔp di tik. I de siŋ, i de dans, de slap insɛf, as i de kɔt di wud. Di anch dɛn de bɛt am, bɔt I stil de siŋ, de slap insɛf, ɛn de chap di tik. Sɔntɛm i kin dɔn slap di anch dɛn ɛn kil dɛn bifo dɛn gɛt chans fɔ bɛt am. Ɛn if dɛn bɛt am sɛf, i nɔ ala lawd pas aw i bin dɔn de siŋ. Na so i du te i kɔt ɔl di wud dɔn. Ivin as i de kam dɔŋ, i bin stil de siŋ ɛn dans. Nɔbɔdi nɔ no se ɛnitɛm we i slap insɛf wit in kɔtlas, i de tek sɛns rɔb di say dɛn we di anch dɛn dɔn bɛt. Ɔlman bigin klap fɔ Kɔni Rabit, ɛn prez am. I kip de siŋ ɛn dans te di pen go.

I go mit di kiŋ ɛn se, "A dɔn du wetin yu se, sa. A kam fɔ di uman."

Di kiŋ gladi, bad! I se, "Yɛs, yu dɔn win mi gyal pikin bikɔs yu na man we ebul bia pen." Di kiŋ gi am in pikin, wit bɔku bɔku kɔpɔ.

Afta dat, ɔlman bin wan no aw Kɔni Rabit manej bia di pen we nɔ ɔda pɔsin nɔ bin ebul. Ɛnitɛm we dɛn aks am, i kin jɛs se, "Wɛn yɔŋ man de gro na dis wɔl, i fɔ kip in sɛns fɔ in jab."

Dis stori de tich wi se, "Udat gɛt sɛns, go gɛt wetin I want."

How Brer Rabbit Got Married To A Princess

Once, the wife of the king of the animals was shot and killed by hunters who sometimes raided their small village. This left the sad king with their only daughter. She was very beautiful and when she grew up, many of the animals wanted to marry her. However, since her father was the king, they were afraid to ask for her hand in marriage because they knew her bride price would be high.

When the king heard this, he surprised everyone by announcing that he was not really interested in a bride price for his daughter. He merely requested one thing from the one who would become his son-in-law. That man would have to climb the tallest tree in his compound and cut two bundles of firewood for him.

This sounded very easy to the animals who had been climbing trees since they were small. However, it turned out not to be as easy as they thought because the tree was littered with large, red ants that had very painful bites. No one liked to get entangled with them. Not only that, but the king also told the intended suitors that as they went up the tree, they should neither shout out in pain, if the ants bit them, nor scratch the parts of their body that the ants bit. The suitors readily agreed.

Brer Leopard was the first to go. He took his cutlass and started climbing. In no time at all, the ants were on him. He continued climbing, clenching his teeth as they began to attack. However, it wasn't too long before he could not bear the pain anymore. He cried out and began slapping at the ants and scratching all over. He quickly climbed down the tree and he was out of the contest.

"Sorry, Brer Leopard, this shows that my daughter is not for you," the king said, shaking his head.

The next contestant was Brer Deer. He was handsome and his muscles rippled as he moved. He stood in front of the tree for a moment, then began climbing, cutlass at the ready. He hadn't gone far before the ants were all over him, biting wherever they could get their teeth in. Not used to a hard life, he screamed in pain, throwing his cutlass away and jumping off the tree. He slapped off the ants and began scratching all the parts they had bitten. He ran off at top speed, not waiting to hear what the king had to say.

As he was heading home, he met Brer Rabbit. He was returning from his farm. He had his cutlass and hunting bag in one hand and a large, juice-looking carrot in the other. He stopped, stared at Brer Deer and bit off a large bit of carrot. Brer Rabbit didn't seem to have a care in the world. "What happened to you?" he asked, as he chewed contentedly.

Brer Deer continued scratching for a while. "I'm just from the king's compound where I was climbing a tree."

"Climbing a tree!" Brer Rabbit exclaimed, taking another bite of his carrot. He stared at Brer Deer. "In the king's compound," he repeated thoughtfully. "Did the king tell you to cut the tree down?"

"No," Brer Deer said vigorously scratching his back. "You must be the only one in this town who has not heard about the king's proclamation concerning his daughter."

Brer Rabbit threw the last piece of carrot away and drew closer to the itching Brer Deer. "What about the king's daughter? I've been away at my farm for a few days and am only now coming back."

Brer Deer scratched his belly before answering. "The king says he will give his daughter in marriage to the man who can climb the tall tree in his compound and get him two bunches of firewood."

"Hmm. How much is the bride price? It must be very high for a king's daughter."

Brer Deer scratched behind his ear. "There's no bride price. The king says he doesn't want any. All he wants is for the man who wants to marry the princess to get two bundles of firewood from this particular tree."

Brer Rabbit thought for a while. "Hmm. There must be a catch somewhere. A king does not give his only daughter away for just two bunches of firewood. It's not as if he is in a place where young animals do not know how to climb trees. I could …"

"Of course, there's a catch." Brer Deer sounded annoyed. "That's what I've been trying to tell you all this while, if you would stop staring at me and asking questions. The catch is that no one can stay up that tree. It's impossible to climb."

"A tree that no one can climb!" Brer Rabbit exclaimed. I've never heard such nonsense!"

"The king doesn't want any of us to marry his daughter that's why he put that as a bride price."

"Why can't anyone climb the tree?" He stared at Brer Deer who was now lying on his back and trying to stop the itching by rubbing it against the gravel.

"It's full of ants, that's why. The big red ones that sting," Brer Deer shouted.

"Is that all? I thought…"

"Look, I don't care what you thought. You can go and try if you like. Everybody knows how cunning you are. Maybe you can find a cunning trick that will allow you to marry the king's daughter. All I know is that I am not going there anymore." He turned on his side, his back to Brer Rabbit, and rubbed against the gravel.

In no time at all, Brer Rabbit was at the king's compound. He passed Brer Lizard running off in the opposite direction.

The king was sitting on his traditional stool surrounded by his officials and servants who were fanning him with palm fronds.

"Good evening, king. Good evening, sirs," Brer Rabbit said, nodding to everyone."

"Good evening, Brer Rabbit. What can I do for you?" the King asked.

"Sir, I have come to climb the tree from which I should cut down two bunches of firewood in exchange for your daughter's hand."

"I see. Do you know what the conditions are?"

Brer Rabbit looked confused. "Conditions? I didn't know that..."

The king turned to one of his officials who stepped forward. "The one who climbs the tree must neither shout nor stop to scratch the bites of the ants that are on the tree. You must go up, get the firewood from the topmost branches and bring them here to the king." He smiled and stepped back.

"Okay," Brer Rabbit said, feigning indifference. He went aside, put down his bag and brought out his cutlass. Suddenly, he burst into song:

The princess is mine – o

The princess is mine – o

He sang and danced for a few minutes, slapping his cutlass against his legs and thighs. Everyone watched amazed as Brer Rabbit kept dancing and singing until he got to the tree and started climbing it. He never stopped singing and slapping his cutlass against his legs and thighs. Sometimes, his voice sounded louder as he seemed to pitch a high note, but he never stopped climbing.

The king got up from his stool, the better to see brave Brer Rabbit going up the tree; his officials moved closer to the bottom of the tree and the number of onlookers who had seen Brer Rabbit enter the king's compound, began to increase.

Meanwhile, Brer Rabbit kept singing:

The princess is mine – o

The princess is mine – o

His voice pitched high and low; sometimes it sounded wobbly. He used his cutlass like a drumstick as he slapped one leg, then the other, in time to the beat of his song. When he started cutting the bunches of firewood, the crowd took up the song, singing and dancing, until Brer Rabbit finished and came back down. He tied the firewood into two bunches and took them to the king.

"Here are the two bunches of firewood, Sir. Now, may I have the princess as my wife?"

"Yes, yes," the king replied. You can have the princess as your wife because you are the only one who has proved that he can bear a lot of pain. I believe you deserve to have her as your wife."

The king gave his only to daughter to Brer Rabbit and also gave him a lot of money.

Long after all this happened, people were still asking Brer Rabbit how he managed to withstand the pain from the biting ants. His reply was always, "When a young animal is growing up, he should have wisdom for whatever he is doing."

MORAL: It is good to cultivate wisdom from a young age.

8: Wetin Mek Pus Ɛn Dɔg Nɔ Gri

Pus ɛn Dɔg na bin gud gud padi. Ɔlsay na dɛn tu kin go. Wan de, ɔl dɛn bif se dɛn wan mek big kuk, bɔt dis kuk ya na fɔ so so dɛn wan we gɛt ɔn na dɛn ed.

Wɛn Pus ɛn Dɔg yɛri dis, dɛn fil bad bikɔs we dɛn nɔ gɛt ɔn, i min se dɛm nɔ gɔ ebul go, ivin do dɛn ɔltu lɛk dɛn kayn tin de. Dɛn lɛk de ɛnisay we gud it de flo, ɛn usay gladi de. Dɛn nɔ no wetin fɔ du bikɔs dɛn tu nɔ gɛt ɔn.

Naim Pus se, "A no wetin wi kin du. A go mek ɔn fɔ yu mek yu go go di kuk ɛn wɛn dɛn pul it, yu go lɛf sɔm pan yu yon we yu go ayd kam gi mi mek misɛf go ɛnjɔy."

So, Pus go na makit, i bay waks, i mɛlt an lilibit ɛn mek fayn fayn ɔn. Dɛn i put am na Dɔg in ed. So Dɔg naw dɔn gɛt ɔn lɛk dɛn ɔda bif dɛm. Wɛn di de kam fɔ di kuk, insɛf jɔyn di layn wit di wan dɛm we bin de go na di ples usay di kuk de bi.

Pus in go ayd na wan kɔna. Na so Dɔg de laf ɛn ple wit Bra Dia, Bra Got, Bra Ship, Bra Kaw ɛn ɔl dɛn ɔda wan we gɛt ɔn. Wɛn di tɛm kam dɛn pul it fɔ ɔlman. Na so Dɔg in plet ful.

Wɛn Pus si dat i mɔt bigin wata. I de luk se Dɔg go lɛf sɔm na di plet we i go kam gi am mek insef go it lɛk aw dɛn bin dɔn arenj. I de luk, i de luk, as Bra Dɔg de it. Pus luk am te, i it af wetin de na in plet. Dɛn i bigin pan di ɔda af. Pus luk am te i it ɔltin dɔn ɛn lik di plet te i shayn. Afta dat, in ɛn di ɔda bif dɛm bigin laf ɛn ple. Pus si se Dɔg dɔn fɔgɛt am ɔltogɛda. Bay da tɛm de, san dɔn tinap. Di waks we Dɔg tek mek ɔn dɔn bigin saf.

Naim Pus bigin ala:

"Na waks Dɔg tek mek ɔn, o!"
"Na waks Dɔg tek mek ɔn"

Na Bra Got fɔs yɛri di siŋ. I lɛf fɔ ple ɛn lisin gud fashin. Naim i se, "Wetin dis a de yɛri?"

Dɔg tɛl am se, "Nɔ lisin to dɛm; na dɛn fulish wan we nɔ gɛt ɔn lɛkɛ wi, na dɛn de tɔk nɔnsɛns so; na jɛlɔs dɛn de jɛlɔs wi. Lɛ wi nɔ lisin dɛm."

We i tɔk so, na da tɛm de Pus ala di mɔ. "Na waks Dɔg tek mek ɔn, o!"

So, ɔlman sɛt mɔt. Pus stil de ala, "Na waks Dɔg tek mek ɔn, o!"

Wɛn ɔlman dɔn yɛri gud gud wan, dɛn bigin luk dɛn kɔmpin ed. Bay da tɛm de, di waks na Dɔg in ed dɔn bigin mɛlt, de rɔndɔŋ kam na in fes. Ɔlman naw bigin ala wetin Pus bin de ala. "Na waks Dɔg tek mek ɔn, o!"

Dɔg shem te, i nɔ no wetin fɔ du. As i put in tel bitwin in lɛg ɛn wan ayd go saful wan, ɔl di bif dɛn bigin rɔnata am kɔmɔt na di kuk. So, insɛf chuk spid, bikɔs i tan lɛkɛ fɔ se, if dɛm bin kech am dɛm go gi am gud bit. Wɛn Pus si am de kam, naim i jomp ɛn rɔn go ɔp tik bifo Dɔg go mit am.

Na frɔm da tɛm de Pus ɛn Dɔg dɛm padi biznɛs pwɛl kpata kpata.

Dis stori de tich wi se, "We yu dɔn mek prɔmis, yu fɔ kip am, so dat yu nɔ go gɛt trɔbul."

Why The Friendship Between Cat and Dog Ended

Cat and Dog used to be very good friends. The two of them went everywhere together. One day, all the animals decided to have a great cookout but they decided that it was only for animals with horns. When Cat and Dog heard this, they were despondent because they liked to attend such events. They liked parties with plenty of good food and this one promised to be one of them. They did not know what to do because both of them did not have horns.

After much thought, Cat said, "I know what we can do. I can make horns for you so that you can attend the cookout. When they serve the food, save some of it and bring it back for me; that way, I can also enjoy the cookout."

So, Cat went to the market and bought some wax. He melted it, made two very fine horns, and fixed them on Dog's head. So, Dog now had horns just like the other animals and he too could attend the cookout. When he left, Cat went and hid in a corner nearby. He saw that Dog was having a good time as he pranced around with all the other animals that had horns. There was Deer, Goat, Sheep, Cow and many others. Then it was time to eat. Everyone was served, including Dog. His plate was piled high with different types of food.

From where he was hiding, Cat could see everything. When he saw his friend's plate, he started to salivate. He couldn't wait for Dog to bring his own share of the food.

Cat watched as Dog began eating. He sat and licked himself as he thought of the food he was soon going to enjoy. When he thought that Dog should have got about halfway with the food, he stretched leisurely and looked towards where Dog was. He looked again and moved a little closer to the place where the event was being held. He couldn't believe his eyes. The food on Dog's plate was almost gone but he continued eating. Cat blinked and rubbed his eyes. He looked again eyes wide open. He could not believe what he saw. Not only was Dog's plate empty, but he was also actually licking it clean.

Cat gave an angry meow. He moved closer as one by one the other animals finished eating and the fun and games began. Dog joined in, prancing and gamboling as if he did not have a care in the world.

As the overfed animals danced and enjoyed themselves, the sun grew hotter. With his sharp eyes, Cat could see that Dog's fake horn was beginning to go crooked as the wax began to melt in the heat. Cat moved closer and began to sing:

"Dog's horns are made of wax, oh!"
"Dog's horns are made of wax!"

Goat was the first to hear the words. He stopped dancing and listened for a while. Puzzled, he said, "What is this I'm hearing?"

Dog, who had also heard the song, tried to dismiss it. "Don't listen to them. It's those who don't have horns like us that are trying to make trouble. They're jealous because they can't join us."

Cat called out even louder:

"Dog's horns are made of wax, I say,"
"Dog's horns are made of wax."

This time, all the animals heard and stopped to listen. Then they all turned to look at Dog and, true enough, his horns were bent out of shape and wax was running down his face. When Dog saw that he could no longer pretend, he put his tail between his legs and tried to slink away. But all the animals bared their teeth and prepared to chase him away. When Dog saw this, he took off at top speed, heading towards the place where Cat was hiding. On seeing the chase, Cat knew that if Dog got to him, he would be in great danger. So, he too fled and sprinted up a nearby tree from where he watched all the animals chasing his old friend away. And, from that day, the friendship between Cat and Dog ended.

MORAL: Cheats never prosper.

9: Spayda Ɛn Mɔnki: Du Mi A Du Yu

Spayda ɛn Mɔnki dɛn na bin gud gud frɛn. Ɛni tɛm wɛn wan gɛt wok fɔ du, in kɔmpin kin go ɛp am; na so dɛn de. Ɔl tɛm dɛn de ɛp dɛn kɔmpin. Wan de, Bra Spayda kɔl Bra Mɔnki fɔ kam ɛp am fɔ klia bush biɛn in yad, mek i go plant rɛs. Bra Mɔnki gri.

Wetin dɛn kin du na fɔ dɛm, di man dɛm, fɔ bigin wok ali mɔnin bifo di san wam tu mɔs. Wayls dɛm de wok, dɛn wɛf dɛn kin de kuk. Wɛn di san dɔn tinap gud fashin, Bra Mɔnki ɛn Bra Spayda kin tap fɔ wok ɛn go sidɔm ɔnda wan big tik de blo. Di uman dɛn kin pul it fɔ dɛm, ɛn dɛn ɔl kin sidɔm it.

Wan mɔnin, we Bra Spayda ɛn Bra Mɔnki de waka de go fɔ go bigin klia di bush, naim Bra Spayda laf. I aks Bra Mɔnki se, "Bra Mɔnki, if wɛn wi wɛf dɛn dɔn kuk dɔn, mi wan it ɔl di it, yu go vɛks?"

Bra Mɔnki ansa se, "A go vɛks, yɛs. Wetin mek a nɔ go vɛks?" As dɛn kɔntinyu de go, naim i aks se, "Wetin mek yu aks?"

Bra Spayda se, "Nɔ-o, natin. A jɛs aks nɔmɔ." Dɛn waka lilibit mɔ, naim Bra Spayda aks am di sem kwɛshɔn bak - if i go vɛks if in it ɔl di it.

Bra Mɔnki min se na ple i de ple. I nɔ no se Bra Spayda bin dɔn mek ɔp fɔ du wetin i se. Di nɛks de, dɛn go, ɛn wok ol mɔnin. Bra Mɔnki ɛp Bra Spayda klia in fam gud fashin. Wɛn di san dɔn wam, dɛn go sidɔm ɔnda tik fɔ it.

Di uman dɛn briŋ di it kam ɛn put am bifo dɛm. As Bra Mɔnki wan put in an fɔ bigin it, Bra Spayda ol in an, ɛn se, "Bra Mɔnki, bo luk yu an we i dɔti; luk we i blak. Go was am bifo yu bigin it."

Wɛl, ɔlman no se mɔnki in an dɔn blak frɔm mɔnin. Na so Gɔd mek am. Bɔt i rɔn go, go was in an, ɛn kam bak fɔ bigin it. Da tɛm de, Bra Spayda in dɔn bigin it. As Bra Mɔnki wan put in an insay di it, Bra Spayda ol in an bak ɛn se, "Bo yu an stil nɔ klin. Yu nɔ fɔ it wit an we dɔti."

Bra Mɔnki go bak go was in an mɔ, bɔt di an stil blak, bikɔs na so Gɔd mek am. Bay di tɛm we i kam bak di las tɛm, Bra Spayda dɔn it ɔl di it dɔn. Bra Mɔnki vɛks, bɔt i nɔ se natin. I bia di angri.

Wɛn tɛm rich fɔ mek in klia in yon fam, Bra Mɔnki kɔl in frɛn fɔ go ɛp am. Bra Spayda gri. I no se di uman dɛn da de de go kuk kasada ɛn Bra Spayda lɛk kasada bad. So, i gladi fɔ go ɛp Bra Mɔnki klia in fam. Ɔl di tɛm we dɛn de wok, Bra Mɔnki de laf. Bra Spayda nɔ no wetin mek Bra Mɔnki de laf.

I se, "Bra Mɔnki, wetin yu de laf?"

Bra Mɔnki ansa se, "Nɔ-o, na di wok we wi de wok de swit mi; aw wi tu de wok fayn, nadat a de laf."

Dɛn wok te di san tinap, naim dɛn go sidɔm fɔ it. Di uman dɛn briŋ di it kam, put am bifo dɛn. As Bra Spayda wan put in an fɔ bigin it, Bra Mɔnki ol in an. I se, "Bra Spayda, bo yu nɔ go it lɛkɛ dis, o. Luk we yu tit blak na yu mɔt. Yu nɔ bin was yu mɔt dis mɔnin?"

Wɛl, ɔlman no se, spayda in tit blak frɔm mɔnin. Na so Gɔd mek am. Bay da tɛm de, Bra Mɔnki dɔn bigin it. Bra Spayda rɔn go klin in tit, ɛn kam bak. In yay dɔn rɛp pan di kasada, bikɔs i lɛk kasada bad. As i wan dɔk in an fɔ bigin it, Mɔnki se, "Sho mi yu tit lɛ a si." Bra Spayda opin in mɔt.

Bra Mɔnki se, "Bo dɛn stil blak; go was dɛm bak." Bra Spayda go bak, wayl Bra Mɔnki in de it. Na so Bra Spayda de go ɛn kam te Bra Mɔnki it ɔl di kasada dɔn.

Bra Spayda vɛks bad. I se, "Bo, wetin yu du mi so?"

Bra Mɔnki se, "Yu mɛmba wetin yu bin du mi wɛn a bin go ɛp yu na yu fam? Du mi a du yu."

Dis stori de tich wi se, "Wetin yu nɔ wan lɛ yu kɔmpin du yu, nɔ du am to am."

What You Do To Me, I Will Do To You

Spider and Monkey used to be great friends. They were very supportive of each other. Each would help the other when there was work to do. They did so all the time, and at the end of each day they would share the food that their wives had prepared for them.

One day, Brer Spider asked Brer Monkey to go and help him clear an area in his farm where he wanted to plant rice. Brer Monkey agreed, and in the morning, the two set out for the farm. Usually, while they were working, their wives would be preparing food for them. When the sun got too hot, they would go and sit in the shade of a tree and the women would serve the food.

One day, as they were walking towards the farm, Brer Spider started laughing. He then asked his friend, "Would you be annoyed if I alone ate all the food prepared for us?"

Brer Monkey said, "Of course, I'd be angry. What kind of question is that?"

Brer Spider said, "Don't worry about it; I was just wondering how you would feel."

They continued their journey in silence but, after a while, Brer Spider repeated the question. Brer Monkey thought his friend was joking. Little did he know that Brer Spider was planning to do what he was asking about.

Anyway, they got to the farm and did the work they had set out to do. When the sun was up in the sky, they decided to take a break and sat down to eat. However, as soon as Brer Monkey stretched his hand to start eating, Brer Spider stopped him and told him to go and wash his hands first because they were black with dirt.

Now everyone knows that Monkey's hands have always been black. God had created him that way, but he did not think anything of Brer Spider's request. As he was hungry, he agreed and went to wash his hands. Meanwhile, Brer Spider started eating. When he returned, Brer Spider repeated the same instruction as he continued to eat. He told him that he did not wash them clean enough; that he should wash them again for the third time. By the time Brer Monkey came after the third wash, Brer Spider had eaten all the food. Brer Monkey was extremely annoyed, but he did not say anything.

When it was time to go and clear Brer Spider's farm, he asked Brer Monkey to help him. Brer Monkey willingly agreed, and they set out together. They worked all day under the hot sun. At the end of the day, when they sat down to eat, as soon as Brer Spider put his hand to start eating Brer Monkey held his hand and told him to go and clean his teeth because they were black and looked dirty. Brer Spider was hungry, so he quickly agreed, forgetting how he had tricked Brer

Monkey out of all the food some time before that. By the time he had gone about three times to go and try to clean his teeth and come back to eat, Brer Monkey had finished all the food. Very hungry and frustrated, he asked his friend why he had done this to him. Brer Monkey then reminded him of how he had done the same thing the last time they worked together.

"You remember how you made me go and wash my hands until you ate all the food? Well, what you did to me I have now done to you." Brer Monkey laughed until tears ran down his cheeks.

MORAL: ***Don't do to others what you would not want them to do to you.***

10: Lɛf An De Na De Yu Mit Am

Wan gyal pikin bin de to in mama ɛn in papa. Dɛn bin gi am nem Abiɔsɛ, bikɔs na Sɔnde i bɔn. Abiɔsɛ fayn lɛk tin fɔ it. Dɛn kin kɔl am Abi fɔ shɔt. Ɔl dɛn yɔŋ man na di tɔŋ lɛk am, ɛn bin wan mared am. Wan bay wan, dɛn kam to in mami ɛn papa se dɛn wan mared am. Ich wan we kam, dɛn kin aks Abiɔsɛ, "Yu go lɛk fɔ mared dis wan?" Bɔt i kin fɛn sɔm fɔlt ɛn se in nɔ want am. I du te te ɔl di man dɛn giv ɔp. Abiɔsɛ nɔ gri mared.

Wan de, naim in papa ɛn mama si am de rɔn de kam. I bin lɛf se in de go was in iya na di watasay we de na di vilej. Na so i de blo, fas fas. I se, "Mama, papa, a dɔn si di man we a wan mared."

I briŋ di man kam sho in papa ɛn mama. Na so di man drɛs fayn lɛk salad. I wɛr trawzlin ɛn frɔkot ɛn biba. Di mama ɛn papa luk dɛn kɔmpin. Di man fayn, bɔt nɔbɔdi nɔ no am. Nɔbɔdi nɔ si am wan de. So dɛn dawt. As dɛn wan tɔk so, Abi nɔ gi dɛn chans.

"Mama, na in a want, papa, na in a want."

Ɔl we dɛn tɔk, i se "Naim a want; a nɔ go mared nɔn ɔda pɔsin." So, in mami ɛn in dadi dɛn se, "Ɔrayt, if naim yu want, wi nɔ go stɔp yu."

So dɛn mared. Dɛn i rich tɛm fɔ mek Abi go om wit in man. Bɔt, nɔbɔdi nɔ no usay di man kɔmɔt. So, Abi in lili brɔda we nɛm Joko se, "Mek a fala yu go no usay yu tap."

Abi in man se, "Nɔ, a nɔ want nɔbɔdi fɔ fala wi. A go tek kia ɔf am, ɛn wi go de kam fɛn una wan wan tɛm."

Abi insɛf se, "Yɛs, wi go de kam fɛn una."

Joko ansa se, "Ɔrayt." Bɔt i mek ɔp in maynd se, if dɛn gri o, if dɛn nɔ gri o, in go fala dɛm. So wɛn dɛn de go, i de fawe, de fala dɛn. Dɛn de go, dɛn de go, te dɛn dɔn di tɔŋ. Joko de fala dɛm.

Aw dɛn de go, di man in biba kɔmɔt na in ed fɔdɔm, rol go na bush. In wɛf, Abi, se, "Mi man, luk yu biba dɔn fɔdɔm, mek a pik am fɔ yu."

Di man nɔ luk biɛn sef. I jɛs se, "Lɛf an de, na de yu mit am."

Dɛn de go, dɛn de go, naim in frɔkot kɔmɔt fɔdɔm na grɔn. In wɛf se, "Mi man, luk yu frɔkot dɔn fɔdɔm. Mek a pik am fɔ yu?"

Egen, di man nɔ luk biɛn. I jɛs de go. Bɔt i tɛl in wɛf bak se, "Lɛf an de na de yu mit am." As dɛn de go na so di tin dɛm we di man bin wɛr, dɛn ɔl de fɔdɔm wan bay wan: in wɛskot, in nɛktay, in shɔt, in trawzlin, in vɛst, in sus, in sɔks, dɛn ɔl fɔdɔm.

Wɛn di las tin fɔdɔm, na da tɛm de Abiɔsɛ si se na dɛbul in dɔn mared. Wetin fɔ du naw? I kant rɔnawe. Dɛn rich di dɛbul in os ɛn go insay.

Ɔl da tɛm de, Abi in brɔda Joko bin de fala dɛm. Wɛn dɛn go insay di os, insɛf slayd go insay. I mekes go ayd na wan kɔna.

Dis dɛbul ya bin de mɛn fɔl ɛn i gɛt wan big kak we na in wachman. Wɛn ɔlman dɔn slip, Joko waka saful go mit in sista ɛn tɔk na in yes se, mek dɛn rɔnawe lɛf di dɛbul. Abiɔsɛ gladi fɔ si in brɔda, ɛn gri fɔ fala am. Bɔt aw fɔ pas di kak we de wach di get?

Joko bin lili, bɔt i gɛt sɛns. I no se fɔl lɛk rɛs; so, i go insay di dɛbul in kichin usay i tek wan kitul rɛs. I kam gi di kak fɔ it. Di kak bigin it di rɛs. Dɛn Joko go insay di dɛbul in fɔl os ɛn tek tri eg we in fɔl dɛn bin dɔn le. Dɛn i ol in sista in an ɛn dɛn pas di get we di kak de wach. As dɛn pas so, naim dɛn bigin rɔn.

Da tɛm de, di kak in bizi de it di rɛs, so i nɔ gɛt chans fɔ kro. I it, i it te, i dɔn di wan kitul rɛs. Bay da tɛm de Joko ɛn Abi dɔn rich fawe. Na da tɛm de, di kak mɛmba in wachman wok. Naim i bigin kro:

K*okorioko yu wɛf dɔn go*
Kokorioko yu wɛf dɔn go

Di dɛbul wek ɛn luk fɔ in wɛf, bɔt i nɔ si am. I rɔn go na do fɔ luk fɔ am ɛn kech am. I si in wɛf ɛn in brɔda fawe, dɛn de rɔn. So, i bigin rɔnata dɛm. Dɛn de rɔn, dɛn de rɔn, dɛn de rɔn, bɔt di dɛbul ebul rɔn pas dɛm so wɛn i nyali dɔn rich dɛm, naim Joko tek wan di eg dɛm ɛn brok am biɛn dɛn. Wantɛm wantɛm, naim big, big mawnten kam ɛn blɔk di dɛbul in rod. Di dɛbul gɛt fɔ klem ɔp dis mawnten ɛn kam dɔŋ di ɔda say. I kam dɔŋ ɛn si dɛm fawe so, i bigin fɔ rɔn bak.

Wɛn i tan lɛk se i wan kech dɛn bak, Joko brok ɔda eg. Dis tɛm, big, big wata bɔs bifo di dɛbul. I bigin swim; i swim, i swim te i dɔn di wata. I si in wɛf ɛn in brɔda fawe. Dɛn bin dɔn de rich na dɛn tɔŋ. I lɛf lilibit fɔ mek dɛn rich om, ɛn di dɛbul bin de rɔn fas fɔ kech dɛm. As i wan kech dɛm so, naim Joko brok di las eg.

Wantɛm, big big faya bɔs bifo di dɛbul. Dis tɛm i nɔ ebul krɔs. As i go nia di faya so, naim di faya drɔ am lɛk magnɛt. We di faya bigin fɔ ros am, naso i de ala. Bɔt nɔbɔdi nɔ bin de fɔ go ɛp am.

Da tɛm de, Abi ɛn Joko dɛn rɔn go om to dɛn mami ɛn dadi.

Dis stori de tich wi se, "Tu mɔs pik ɛn chus nɔ gud."

Just Leave It There!

In a small village near a large town, there lived a family of four. A man and his wife and their two children, Abioseh and her brother, Joko. Abioseh had been given that name because she had been born on a Sunday. They called her Abi, for short. She was very beautiful.

When she grew up, all the young men in the village wanted to marry her. However, whenever anyone came to ask her parents for her hand in marriage, she would find fault with him and he would go away disappointed.

One day, Abi came running home, from the stream near the village where she had gone to wash her hair. Breathlessly, she told her parents, "I've met the man I would like to marry."

A day or two later, she brought the man home to her mama and papa. The man was very good-looking and very well dressed. But they were not at all happy. Where had this man come from, they wondered. Nobody in the village seemed to know him or where he had come from.

When they expressed their doubts to Abi, she was adamant. "This is the man I want to marry," she insisted. "I won't marry anyone else."

So, since they could not make their beautiful daughter change her mind, they allowed her to marry the man of her choice. On the day they were leaving to go to the man's home, they asked him to tell them where they were going so that they could go and visit them.

"Let me go with you, so I can come back and tell mama and papa where you live," her little brother, Joko said.

"That won't be necessary," Abi's husband said. We shall be coming to visit you every now and then. Don't worry, I shall take good care of Abi."

Abi agreed with him. "Yes, I shall be coming to visit you often," she told her parents and brother.

However, Joko was not satisfied. He waited until his sister and her husband left and began to follow them, making sure that they did not see him. They kept going until they left the village and walked across the town. Joko kept them in his sights.

As they were going, Abi's husband's hat fell off his head and rolled to the side of the road. When she saw that he did not stop to pick it up, she said, "Your hat has fallen off. Aren't you going to pick it up?"

Her husband did not miss a step. All he said was, "Leave it there, that's where you found it."

So, they continued their journey. Not too long after, the man's frock coat came off and fell on the ground. He kept striding along. Abi stopped and said, "Your frock coat is on the ground. Shall I pick it up?"

"Leave it there, where you found it," her husband growled, without looking around.

And so, it continued, as they went. One by one the items Abi's husband was wearing all fell off one after the other. Before long, his waist coat, necktie, shirt, trousers, vest, shoes and socks had all fallen off.

It was then Abi realized that she had married a devil. However, there was nothing she could do. If she tried to run, he would catch up with her very easily. So, she followed him to his house.

Neither of them saw Joko slink in after them and find a corner to hide in. Hours later, when the devil and Abi were asleep, he crept up to his sister and whispered in her ear. “We have to run away. Follow me,” he told her.

Abi had never been so glad to see anyone. She quickly got up and followed her brother to the door. However, they met the first setback. The devil had a large cockerel that acted as his watchman. He would crow loudly if anyone tried to do anything against his master. But Joko thought quickly. He went into the devil's store and returned with a large kettle of rice which he put in front of the cockerel. The bird immediately started eating.

Joko then went to the part of the yard where he had seen a chicken coop. He went in and took three eggs. Then he held Abi's hand and went out of the gate. Just as they passed it and started running, the cockerel who had just finished the rice saw them and remembered what role he was supposed to play. He suddenly crowed in a loud voice:

"Kokorioko, your wife has gone!
Kokorioko, your wife has gone!"

The devil woke up, jumped out of bed and looked around for his wife. When he could not find her, he ran out into the compound and saw his wife and her brother in the distance, running away. He immediately gave chase and because he could run faster than ordinary humans, he was soon close to them.

When Joko saw this, he stopped, turned round and broke one of the eggs behind him and his sister. A high mountain suddenly appeared. It blocked the devil's path and slowed him down because he had to climb all the way up and down again, before he could continue the chase. By that time, Joko and Abi were a long distance away.

The devil did not give up. He started chasing the two again with even longer strides. In no time at all he was gaining ground. He was almost upon them, when Joko stopped again, and broke another egg behind him and his sister. This time, a very wide river spread across the road. When they looked back, they saw the devil on the other side. They saw him jump into the river and begin to swim.

Joko took his sister's hand, and they began to run again. There was no time to waste as they were becoming tired and breathless. After they had gone some distance, they glanced back and, to their horror, the devil was just coming out of the river. "I don't think I can go on anymore," Abi said gasping for breath. "You go on ahead. It's better if he catches me alone, than both of us."

"Come on," Joko urged, tugging her hand. "Don't worry, he's not going to catch us. We're almost home."

Abi looked around fearfully and saw that the devil was getting closer again. This time, her husband got so close that he actually stretched out his hand to grab her. But Joko put his hand into his pocket one last time and, without even pausing, broke the third egg and threw it over his head. There was a loud whoosh, followed by a piercing scream. This time, they both stopped and looked around. A large fire had flared up, sending thick, dark, plumes of smoke into the sky. The scream they had heard, came from the devil who had been running so fast that he was unable to stop, and he had run straight into the fire that was now spreading and burning up everything around it.

Abi and Joko now ran home to be reunited with their parents once again.

MORAL: It is not good to be picky.

11: Mɔnki Nɔ De Lɛf In Blak An

Di bif dɛn na bush, tek Mɔnki mek kiŋ. Dɛn gi am fayn fayn klos fɔ wɛr, put am na big chia, put am pantap stej ɛn put krawn na in ed. Dɛn ɔlman bin de baw to am.

Ɔlman bin no se Mɔnki lɛk in bɛlɛ bad! So, frɔm da tɛm de, ɛnitin mɔnki want, dɛn de gi am. Ɛnitin we i wan it, i de gɛt am. Bɔt yu no Bra Mɔnki; i nɔ ba lɛf in blak an. Ɔl wetin dɛn de gi am fɔ it, ɔl we dɛn de gi am rɛspɛkt, mɔnki na mɔnki.

Wan de, big, big biznɛs bin de na di tɔŋ. Big, impɔtant alejo frɔm ɔl ɔda kɔntri dɛm bin kam. Na so ɔlman de baw to Mɔnki ɛn sho am rɛspɛkt. Na in drɛs pas ɔlman. Na so in krawn de shayn na in ed. Na so insɛf de swɛl.

Naim tɛm rich fɔ it. Dɛn put bɔku bɔku it na tebul, ɛn ɔlman bigin it. Bra Mɔnki de na in ay chia. Di wan dɛm we de ɛp fɔ sav, mek shɔ se dɛn kiŋ gɛt di bɛs pat pan ɔltin. I nɔ tek lɔŋ sɛf, Kiŋ Mɔnki dɔn shayn in plet. I rich tɛm we na wan gren binch nɔmɔ bin lɛf na di plet. Aw i wan put am na in mɔt, na im di binch fɔdɔm ɛn rol go ɔnda di tebul. Yu nɔ go biliv wetin Bra Mɔnki, du. Wit in krawn, ɛn ɔl in fayn klos, I fɔgɛt se ɔlman de luk am. I grap kɔmɔt na in chia, go na grɔn ɔnda di tebul, go fɛn di wan binch ɛn sɛn am insay in mɔt. Na dat mek dɛn kin se, "Mɔnki nɔ ba lɛf in blak an."

Ɔlman kɔba dɛn fes wit shem. Dɛn se, "Dis wan nɔ fit fɔ bi kiŋ. I dɔn mek wi shem bad."

Wɛn Bra Mɔnki kam bak fɔ sidɔm na in chia, na so I de lik in finga dɛm. Dat mek di bif dɛm shem ɛn vɛks mɔ. Dɛn ɔl rɔsh pan am, pul in krawn na in ed, ɛn pul ɔl di fayn klos kɔmɔt na in bɔdi. Na so mɔnki de ala de beg dɛm se in nɔ go du dat egen. Bɔt nɔbɔdi nɔ lisin am. Dɛn drɛg am kɔmɔt na di stej ɛn drɛb am go na bush.

Dis stori de tich wi se, "Trik na smok; i nɔ de ayd."

The Monkey will Never Change Its Habits

The animals in a small village decided that they needed a king. So, they agreed to make Brer Monkey their first king. They designed a magnificent throne for him and put it on a stage. They gave him beautiful clothes to wear and put a crown on his head. Anyone who passed that way, bowed in respect to the king.

From then on, Brer Monkey was given everything he requested. There was nothing he wanted that the villagers did not go out of their way to get him. However, it turned out that all this did nothing to change King Monkey's character. Once a monkey, always monkey.

Sometime later, there was a big event in the village. Several dignitaries from neighbouring villages in the animal kingdom were invited. From early in the day, a huge crowd started gathering in the village playground where a special platform had been erected for the King. By midday, the place was packed. Everyone who came was first required to go and greet King Monkey before taking their seat.

When everyone had arrived, it was time to entertain the guests. Large platters of food were put on the tables that had been laid out. Tables had also been arranged on the platform where King Monkey sat with his most important officials and their guests. The platters were piled high with all kinds of delicious-looking food. The servants made sure that King Monkey was served before everyone else and was given the best part of everything.

Many of the guests ate to their fill and stopped eating when they had had enough. King Monkey, however, showed his appreciation by finishing everything on his plate. Everybody was waiting for King Monkey to finish eating. At last, there was only a solitary bean left on his plate. As he took it up it slipped from his fingers, rolled on to the table and on to the floor. To everyone's consternation, King Monkey immediately got off his throne and dived under the table. Confused, some of his officials bent down to see what was going on. They saw their king reach out for the errant bean and pop it into his mouth. He soon came back up, sat on his throne, chewing and licking his fingers contentedly.

Everyone stared wide-eyed. Some of the guests snickered. But some of King Monkey's officials hung their heads while others covered their faces in shame. Then in a flash, as one, they rushed towards the king and started stripping him of everything he had on, beginning with his shiny crown. They also removed his fine clothes. All the while, King Monkey who realized, too late, why his once-respectful officials were doing this to him, began pleading with them not to disgrace him in this way. "I shall never do that again. Please forgive me," he shouted.

But no one was listening. "Once a monkey, always a monkey," someone said. "You will always go back to your shameful habits."

Monkey was then dragged to the outskirts of the village and told never to return.

Shaking his head, a wise old animal remarked, "That is why they always say, 'the monkey will never leave his black hand behind.'"

MORAL: Habits die hard.

12: Wetin Mek Bra Trɔki Gɛt Bɔl Ed

Wan de, Bra Trɔki disayd fɔ go fɛn in mɔdɛnlɔ. In mɔdɛnlɔ na uman we bin sabi kuk wɔndaful, ɛn Bra Trɔki bin lɛk in bɛlɛ bad. Sɔm we no am kin ivin se i bigyay ɛn awangɔt. I no se in mɔdɛnlɔ mɔs pul it fɔ am we i rich de. So, i drɛs bɛtɛ wan fɔ go fɛn am. I wɛr in bɛst ɔf bɛst – in trawzlin, in frɔkot, ɛn in biba.

Wɛn i rich in mɔdɛnlɔ os, i kɔnk na di do, bɔt i nɔ yɛri ansa. Di do nɔ bin lɔk, so i push am, ɛn go insay fɔ wet fɔ in mɔdɛnlɔ. Bɔt wɛn i sidɔm, i bigin smɛl sɔm fayn smɛl de kɔmɔt na di kichin. I bigin mɛmba aw in mɔdɛnlɔ in it kin swit. In mɔt bigin wata. We di tin mɔna am, ɛn i nɔ ebul bia di swit swit sɛnt egen, i grap kɔmɔt usay i bin sidɔm. I se, "Mek a go na kichin go luk si wetin mɔdɛnlɔ gɛt na faya we de kɔt mi nos so."

We i rich na di kichin, i si di pɔt we in mɔdɛnlɔ dɔn drɔ faya ɔnda, so I go jɛs de bwɛl smɔl smɔl. I se, "Mek a opin di pɔt ɛn pip insay, luk wetin mɔdɛnlɔ kuk." So, i es di pɔt kɔba, ɛn i si se na ɛbɛ naim in mɔdɛnlɔ kuk. Bra Trɔki lɛk ɛbɛ pas ɔl kayn it na dis wɔl. I nɔ ebul kɔntrol insɛf wit in bigyay. So i se, "Mek a tes lilibit." I tek di tikspun we bin de nyia de, tek wan koko ɛn blo am mek di ɛbɛ kol smɔl. I tes am. Mek ɛbɛ nɔ ba swit so. I tek di tikspun bak; dis tɛm i dig am insay di pɔt, ɛn i bigin it. I fɔgɛt se na pipul pɔt i de tek pan, nɔ to in wɛf in pɔt.

Wan tɛm naim i yɛri in mɔdɛnlɔ in fut de kam. Wetin fɔ do? I jɛs pul in biba, i tɔn am oba, dɛn wit in awangɔt, i tɔn di wan pɔt ɔt ɛbɛ insay ɛn wɛr in biba bak. Dɛn i rɔn go sidɔm kwik na pala bak.

Wɛn in mɔdɛnlɔ kam insay ɛn si am, i gladi. I se, "Bra Trɔki, yu du wɛl o, yu kam fɛn yu mɔdɛnlɔ tide." Bay da tɛm de, di ɔt ɛbɛ dɔn bigin ros Bra Trɔki in ed. I nɔ no wetin fɔ du. I bigin shek in ed frɔm lɛft to rayt.

In mɔdɛnlɔ tinap de luk am wit wɔnda. I se, "Bra Trɔki, wetin du yu we yu de shek yu ed so?" I mɛmba se in sɔn-in-lɔ in ed de at.

Bra Trɔki nɔ ebul se natin pas, "Mɔdɛnlɔ, tide na shek ed de."

Bay da tɛm de, mɔdɛnlɔ bigin si sɔmtin lɛkɛ smok de kɔmɔt ɔnda Trɔki in biba. Dɛn i bigin si di ɛbɛ in grevi de kam dɔŋ to in yes, ɛn in pakɔ. Na da tɛm de in mɔdɛnlɔ bigin fɔ ɔndastand wetin apin. I se, "E bo Trɔki, na yu a bin de kuk dis ɛbɛ fɔ. We i dɔn te we a si yu, a de se sɔntɛm yu go kam tide ɛn a no se ɛbɛ na yu bɛst chɔp. Yu nɔ ebul wet fɔ mek a kam ɛn pul am put na plet lɛ yu sidɔm it lɛkɛ fribɔn? E bo, a sɔprayz pan yu o!"

Bra Trɔki in jɛs de pan, "Mɔdɛnlɔ, tide na shek ed de." I shem in kayn nɔ de!

Na frɔm da tɛm de, Bra Trɔki nɔ gɛt iya na in ed egen.

Dis stori de tich wi se, "Awangɔt nɔ gud."

Why Brer Turtle Has a Bald Head

One day Brer Turtle decided that he would go and visit his mother-in-law. She was a very good cook and always had food for him whenever he paid a visit. He dressed up in his best clothes – his black pin-striped trousers, his frock coat, and his hat.

When he reached the house, he knocked on the door, but there was no answer. So, he pushed the door open, as it was not locked, and went inside to go and wait for his mother-in-law.

While he sat in the parlor waiting, he started smelling a very nice aroma coming from the kitchen. Something was definitely cooking. His mouth began to salivate. Brer Turtle liked food a lot; some even called him a glutton. He started thinking about the delicious food that his mother-in-law always cooked, and he could not wait to tuck in as soon as she came home.

Brer Turtle waited and waited. When he could no longer withstand the delicious smells, he decided to go to the kitchen to find out what was cooking. There was a pot simmering over a low fire. He lifted the lid and saw that his favorite meal, a thick stew of root vegetables and meat (known as ɛbɛ), was bubbling in the pot. He could not contain himself. He looked around, found a wooden spoon that was nearby and said to himself, "I'll just taste a little bit." He took a piece of cocoyam and blew on it to cool it down a little before taking a bite. He decided that was the best *ɛbɛ* he had ever tasted in his life. From that point on, he lost control of his urge to eat only a little of the pottage. He continued to take the *ɛbɛ* bit by bit until he heard the sound of footsteps in the yard. His mother-in-law had returned.

Not knowing what to do, he took off his hat, turned it over, and poured the whole pot of *ɛbɛ* into it and put it on again. Then he ran to the parlor and sat down to wait for his mother-in-law.

When she entered, she was very pleased to see him. “Brer Turtle,” she exclaimed happily. “You’ve done well to come and visit your mother-in-law today.” By that time, the hot sauce was beginning to scald his head, and he started to shake his head from side to side. Puzzled, his mother-in-law asked him what was wrong.

All he could say was, “Mother-in-law, today is shaking-head day.” He continued shaking his head because the hot stew was really scalding his head. He just kept saying, “Mother-in-law, today is shaking-head day.”

She did not understand why he kept saying that until she saw smoke coming from under his hat, and some of the gravy from the sauce running down his ears and his neck. When she realized what was happening, she said, "Turtle, it was you I was cooking the *ɛbɛ* for. Since I hadn't seen you in a while, I thought you might come along and decided to prepare your favourite meal. Couldn't you have waited for me to come and serve it to you, so you could sit down and eat it freely? Oh, Turtle, I am really disappointed in you," she said sadly.

Brer Turtle had never been so ashamed. And it was from that time that he went completely bald and turtles have never had hair on their heads.

MORAL: Being greedy can be dangerous,

13: Wetin Mek Spayda In Wes Dray So

Yu si aw Spayda in midul smɔl? Nɔ to so i bin bɔn o; na in awangɔt mek i tan so. Spayda bin awangɔt bad. I nɔ bin ebul fɔ pul in yay pan it. I bin gɛt plɛnti padi ɛn if dɛn gɛt biznɛs we it de, Bra Spayda go mɔs lib de.

Wan de, wan in frɛn kam tɛl am se in de gɛt kuk ɛn in de invayt Bra Spayda fɔ go. Spayda gladi ɛn se, "Da tɛm de go kɔnviniɛnt fɔ mi."

I nɔ te afta dat, wan in ɔda frɛn kam tɛl am se insɛf de gɛt biznɛs ɛn in go want Bra Spayda fɔ de de.

Bra Spayda gladi ɛn aks in frɛn us tɛm fɔ di biznɛs.

Wɛn in frɛn tɛl am, Bra Spayda rialayz se na di sem de we in ɔda frɛn bin dɔn kɔl am, naim dis ɔda biznɛs de. "Aw a go sheb misɛf ba?" I aks insɛf. Plɛnti it go de na ɔl tu dɛn ples ya. Uswan fɔ lɛf?"

Bra Spayda mek ɔp in maynd se in go go ɔl tu. "A go it dɔn na wan say, wep mi mɔt ɛn dɛn a go go di ɔda say ɛn go it de semwe. Da we de, a nɔ go mis ɛnitin."

Shɔt tɛm afta dat, wan ɔda frɛn kam. Insɛf kam tɛl Bra Spayda se in de gɛt biznɛs we plɛnti it go de, ɛn in go want Bra Spayda fɔ de de.

Bra Spayda gladi bad. I tɛl in frɛn se, "Nɔ wɔri a go kam. Us tɛm fɔ di biznɛs?" I tɔn awt se na di sem de we in ɔda frɛn dɛn dɔn invayt am. Bɔt Bra Spayda nɔ ebul se nɔ. I mek ɔp se in go go ɔl tri di ples dɛm. Di onli prɔblɛm na aw fɔ sheb insɛf.

Bifo i de tink bɔt dat, ɔda padi we mek fo, kam. I se, "Bɔys, a no se yu lɛk biznɛs we it de; a de gɛt wan big kuk ɛn a go want yu fɔ de de.

Bra Spayda se, "Yu no mi. A go kam. A nɔ go disapɔynt yu. Us tɛm fɔ dis biznɛs?"

I kam bi se, na di sem de we in tri ɔda frɛn bin dɔn kɔl am fɔ go it. Pan ɔl dat, Bra Spayda se, "A go kam, nɔ wɔri."

So naw, Bra Spayda dɔn gɛt fo ples fɔ go it di sem de. I tink, i tink, i tink, so te, naim i se, "A no wetin a go du."

Wen di de kam, I kɔl in fo pikin dɛm. I tek wan rop ɛn tay am rawnd in wes. Dɛn I tay fo lɔŋ rop pan di men rop we de rawnd in wes. I gi wan rop to wan pikin; i se, "Yu go to dis mi frɛn in kuk; wɛn dɛn put di pɔt dɔŋ fɔ bigin it, yu drɔ di rop ɛn a go kam de." I gi di ɔda rop to in ɔda pikin, ɛn tɛl am di sem tin. I se, "Yu go na dis ɔda kuk, as dɛn rɛdi fɔ bigin it, yu drɔ yu rop, ɛn a go go de go it. I tɛl di fo pikin dɛn ɔl se, "As dɛn put pɔt dɔŋ so, drɔ di rop mek a go go de go it."

Di pikin dɛn ansa, "Yɛs papa."

So, di fo pikin dɛm go na di fo difrɛn say we dɛn invayt dɛn papa. Bra Spayda in de na os de wet. Wɛl, i kam bi se dɛn fo kuk ya dɛn ɔl put pɔt dɔŋ di sem tɛm. Di fo pikin dɛm bigin drɔ dɛn papa lɛk aw i bin dɔn tɛl dɛn fɔ du. Dɛn ɔl de drɔ am togɛda frɔm fo difrɛn ples. Dɛn drɔ, dɛn drɔ, bɔt nɔn ɔf dɛm nɔ ebul muf am.

We dɛn de drɔ, Bra Spayda in de na os de ala. Aw dɛn de drɔ, na so in wes de ridyus. In di ɛnd, Bra Spayda fent. I nɔ ebul go nɔn di kuk.

Wɛn in pikin dɛn taya fɔ drɔ, naim wan bay wan dɛn se, "Mek a go luk wetin mek papa nɔ kam wɛn a drɔ di rop."

Wɛn dɛn go, dɛn mit dɛn papa na grɔn. Na so in wes dɔn dray bikɔs ɔf di drɔ we dɛn bin de drɔ am. Ɛn na so i lɛf wit dray wes te tide.

Naim mek dɛn se, awangɔt nɔ gud.

Dis stori de tich wi se, "Big yay ɔ awangɔt nɔ gud."

Why The Spider's Waist Is So Small

Everyone has seen how small the spider's waist is. But it wasn't always like that. It got to be this way because of his gluttony. Spider was a very gluttonous fellow. He could not say no to any food that came his way.

Spider had plenty of friends who knew how much he loved food. So, they always made sure to invite him to any occasion where there would be a lot of food. With Brer Spider around, they knew their food would never go to waste.

One day, he met one of his friends who told him that he was planning a party at which there would be lots to eat. Brer Spider was excited. "I'll certainly be there," he said. "I won't disappoint you. When is this party taking place?" he asked his friend.

When the friend told him, Spider said, "That will be very convenient for me. I shall certainly be there."

Not too long after that, another friend came to invite him to an event he also was planning. "You can count on me," he said. "I shall certainly be there. When is this going to be?" It turned out that it was on the same day and time that his other friend had told him about. But that did not bother Brer Spider at all. He intended to attend both events. "I'll go to the first one, eat as much as I can, wipe my mouth and go on to the other one," he thought to himself.

The following day, he met another friend coming to visit him. "My good friend," he greeted Brer Spider. "I was just coming to tell you about a big cook-out that I'm going to have. I wouldn't want you to miss it; that's why I came myself."

"Really?" Brer Spider asked, eyes lightening up. "You can count on me to be there. When is it going to be?"

When his friend told him, it turned out that it was the same day and time that his other two friends had invited him for. However, Brer Spider did not have the heart to say no to this new invitation. The thought of missing all the food he was already imagining was too much to bear. He promised his friend that he would certainly put in an appearance.

He was at home later that same day when a fourth friend came. He had also come to invite him to an important occasion that he wanted Brer Spider to be present at.

"No problem, my dear friend," Brer Spider said. I'll be there to support you. When is the event going to take place?" he asked. It turned out that it was the same date and time that his other three friends had given him. After his fourth friend left, Brer Spider began thinking how he could manage to attend all the events on the same day. He did not want to miss any of them. After much thought, he came up with what he decided was a brilliant plan.

On the morning of the four events, he called his four children. He tied a rope around his waist, then tied four very long ones to it. He gave one rope to each of the children. "I'm sending each of you to the four different places to which I have been invited. I shall be here at home. When you see that the food is ready to be served at the place where you are, you are to give me a tug with your rope. That will make me know which direction to go. After I have finished eating, the next person should send me the same signal when the food is ready to be served at the place where he is. I shall then go there. Do you understand?" he asked looking from one to the other.

"Yes, papa," the children answered.

"Okay. Off you go now and do exactly as I've told you. I shall be right here waiting."

So, the four children went off to the different events and watched and waited for the cooks to finish cooking. They dutifully did what their father had told them. As soon as they saw the pots being removed from the fire, they knew they were to begin to pull their rope.

However, it turned out that the cooks at all the different places finished cooking at the same time. So, each child started pulling the rope that should bring their father to the place where he was stationed. Each of them pulled and pulled, but their father did not appear. Meanwhile, Brer Spider was at home, screaming in pain as the four ropes tightened around him and he couldn't move. His waist became smaller and smaller as the rope grew tighter and tighter. After some time, each child got tired of pulling and decided to go and see why their father had not appeared when they pulled. They found him on the floor of their room, moaning in pain because everything had gushed out of his belly and there was nothing left in his stomach.

Brer Spider never regained his full waistline again and since then spiders have all had thin waists.

MORAL: It's not good to be gluttonous!

14: Arata Ɛn Di Drɔm

Ɔl dɛn bif na wan vilej gɛda ɛn se mek dɛn ɔl kɔt lili bit pan dɛn yes fɔ mek wan drɔm we dɛn go de bit ɛn dɛn ɔl go de dans. Dɛn ɔl gri fɔ kɔt pan dɛn yes fɔ mek di drɔm, bikɔs dɛn lɛk fɔ dans bad.

Ɔlman gri pas Bra Arata in wan. I se, "Bo una si aw mi yes smɔl. If a kɔt pan am natin nɔ go lɛf egen; ɛn mi nɔ lɛk fɔ dans sɛf."

So ɔl di bif dɛn kɔt lilibit pan dɛn yes ɛn mek di drɔm. Dɛn klin wan pat pan di bush ɛn put di drɔm midul de. Dɛn dɛn bigin bit ɛn dans:

tiŋ tiŋ tiŋ balimba tiŋ tiŋ tiŋ balimba

tiŋ baba da li o tiŋ baba da li o

diŋ diŋ diŋ alum bata diŋ diŋ diŋ
alum bata, alum bata bata bata

tiŋ tiŋ tiŋ balimba tiŋ tiŋ tiŋ balimba
tiŋ baba da li o tiŋ baba da li o
diŋ diŋ diŋ alum bata diŋ diŋ diŋ
alum bata, alum bata bata bata

As dɛn de siŋ na so dɛn de dans. Arata in wan de fawe de luk dɛm we dɛn de ɛnjɔy dɛnsɛf. Bɔt we in nɔ bin dɔn kɔt pan in yes fɔ jɔyn fɔ mek di drɔm i kant go jɔyn naw fɔ dans. Ɛn Arata na lay i bin de lay we i bin se in nɔ lɛk fɔ dans. I lɛk fɔ dans bad ɛn i sabi bit di drɔm. Wɛn ɔl di bif dɛn dɔn dans dɔn, dɛn lɛf di drɔm midul di fil ɛn go na dɛn os dɛm. Arata sidɔm de luk dis drɔm; i de luk aw in go bit am, mek nɔbɔdi nɔ si am. So, i dig ol na grɔn te i rich ɔnda di drɔm. Dɛn i bɔs ol go insay di drɔm ɛn bigin bit am frɔm insay. In wan de bit, in wan de dans.

Dɛn di ɔda bif dɛn yɛri di drɔm de bit. "Udat de bit wi drɔm, ba?" dɛn ɔl bigin fɔ aks. So dɛn sɛn Bra

Lɛpɛt fɔ go luk. Aw Bra Lɛpɛt de go na so di drɔm de bit:

tiŋ tiŋ tiŋ balimba tiŋ tiŋ tiŋ balimba
tiŋ baba da li o tiŋ baba da li o
diŋ diŋ diŋ alum bata diŋ diŋ diŋ
alum bata, alum bata bata bata

tiŋ tiŋ tiŋ balimba tiŋ tiŋ tiŋ balimba
tiŋ baba da li o tiŋ baba da li o
diŋ diŋ diŋ alum bata diŋ diŋ diŋ
alum bata, alum bata bata bata

Bra Arata bin sabi bit di drɔm pas ɔlman. Bay di tɛm we Bra Lɛpɛt de rich fɔ si udat de bit, i nɔ ebul bia egen. I bigin dans. I dans, i dans te i fɔgɛt wetin i kam du te i go bak. Dɛn aks am se, "Udat de bit di drɔm?" Bɔt i nɔ ebul ansa bikɔs i bin stil de dans. So, dɛn sɛn Bra Mɔnki; bɔt di sem tin apin. Na so insɛf kam bak, de dans. In yon, we di dans de swit am, i bigin de tɔnɔbɔ. Dɛn dɛn sɛn Bra Got. Bɔt dɛn ɔl we dɛn sɛn, kam bak de dans.

Naim Bra Pus se, "Mi go go. A mɔs fɛn udat de bit di drɔm." I bigin waka smɔl, smɔl de go. I bin de yɛri di drɔm de bit, bɔt i nɔ gri dans. Wɛn i rich nia di drɔm i go ɔl rawnd de smɛl smɛl am. I smɛl Bra Arata in sɛnt bikɔs in ɛn Bra Arata na bin gud gud padi. Na wɛn Arata nɔ gri fɔ kɔt pan in yes fɔ mek di drɔm naim Pus vɛks pan am ɛn dɛn padi biznɛs pwɛl. Naw i vɛks mɔ, bikɔs Arata we nɔ bin gri fɔ kɔt in yes naim de tif kam ɛnjɔy di drɔm. So, i go nia di drɔm, ɛn push am kɔmɔt oba di ol we Bra Arata bin pas go insay. So Arata nɔ ebul pas na di ol fɔ rɔnawe. Aw i de tray fɔ rɔn fɔ go insay bush, naim Pus kech am ɛn it am, makoloŋ!

Frɔm da tɛm de, ɛnitɛm we ɛni pus si ɛni arata na fɔ kech am ɛn it am.

Dis stori de tich wi se, "Nɔ put an usay yu nɔ gɛt biznɛs."

The Rat and The Drum

All the animals living in a small village, got together and agreed to make a village drum. They all liked to sing and dance, and they thought it would be a good thing for them to have their own instead of having to borrow from the next village whenever they needed a drum for their festivities. Each animal's contribution was to cut off a small piece of an ear for the drum maker to use.

Brer Rat was the only one who did not support this idea. He said, "You all see how tiny my ears are. If I cut off even a tiny bit there will be almost nothing left. Besides, I do not even like to dance."

All the animals cut a bit off one ear and gave it to the drum maker. When the drum was ready a part of the forest around was cleared and the drum was put at the centre of the clearing. That evening, the animals had the time of their lives as they sang, clapped and danced to the beat of their drum:

ting ting ting balimba ting ting ting balimba
ting baba da li o ting baba da li o
ding ding ding alum bata ding ding ding
alum bata, alum bata bata bata

ting ting ting balimba ting ting ting balimba
ting baba da li o ting baba da li o
ding ding ding alum bata ding ding ding
alum bata, alum bata bata bata

From a distance, Brer Rat watched as everyone clapped, stamped and whirled to the beat of the new drum. He began tapping his tail to the beat of the drum. How he wished he could join his neighbours and friends. He really liked dancing, even though he had said he did not, just so he did not have to give up a tiny bit of his ear. He knew how to beat a drum even more. Everyone, he thought sadly, seemed to have forgotten that before they got their own drum, whenever they borrowed a drum from another village, he was the one who did the most drumming, and no one ever got tired of his music. Now he was all by himself as everyone else danced and danced until they were exhausted. Rat watched as one by one each animal left the clearing until only the drum remained.

When all was quiet, he stared at the drum from afar, trying to work out how he could play the drum without anyone seeing him going near it. Soon, he thought of a way. With his sharp teeth, he began digging a tunnel. He dug and dug until he finally found himself under the drum. He made a small hole in the base of the drum and in no time at all, he was inside the drum. He began to thump softly at first, but he was soon enjoying himself so much that he beat louder and louder.

Soon, the villagers heard the drumming. From where they were, they could see the drum, but they could not see anyone sitting in front of it.

ting ting ting balimba ting ting ting balimba
ting baba da li o ting baba da li o
ding ding ding alum bata ding ding ding
alum bata, alum bata bata bata

ting ting ting balimba ting ting ting balimba
ting baba da li o ting baba da li o
ding ding ding alum bata ding ding ding
alum bata, alum bata bata bata

They were really puzzled. So, they asked brave Brer Leopard to go and find out how they could hear sounds coming from the drum even though no one was there. Brer Leopard left to go and investigate. The closer he got, the louder the music got and the more he was moved to dance. In no time at all, he found himself dancing. He danced so much that he forgot that he had been sent on a mission. He danced and danced until he was tired. Finally, still dancing, he left and went back to the villagers who were waiting for him. By the time he reached them, however, he fell down into a deep sleep and could not answer any questions.

The villagers decided to send Brer Monkey after that. He was a wily one and they knew he would come back with answers for them. He too left, but like Brer Leopard, the closer he got to the drum and heard the beating the more entranced he became. Soon, he could no longer control himself and he began dancing. He danced to his heart's content, turning round and round, jumping from tree to tree and even doing cartwheels. Finally, exhausted, but still dancing, he returned to the waiting villagers.

"What happened? Who is playing the drum?" They asked anxiously, crowding around him. But, like Brer Leopard, he flopped down on the ground, tail still thumping in time to the music, and was soon fast asleep.

Brer Goat was next to go. He was a no-nonsense character, and the villagers knew he would find out exactly what was going on. But he too returned without any answers. He was merely shaking his large head in time to the beat of the distant drumming.

The villagers were thinking of whom to send next when Brer Cat spoke up. “Let me go,” he said. “I am sure I shall be able to solve the mystery.”

The villagers agreed. Brer Cat left, walking slowly and quietly towards the beating drum. As he got closer, he was tempted to start dancing to the captivating sounds, but he restrained himself. When he got close to the drum, he walked around it, sniffing deeply. He soon picked up Brer Rat’s scent.

He knew without any doubt that it was Brer Rat because they had been friends for long. They’d been friends since they were very young. Their friendship broke up when Brer Rat refused to contribute a bit of his ear towards the making of the drum. And now that the drum had been made, Brer Rat had gone behind everyone’s back to start playing the drum! Brer Cat had never known such rage! He stepped some distance away from the drum, then head down, he rushed forward at full speed and butted it. The drum fell sideways revealing the hole that Brer Rat had made in the ground. Startled, Brer Rat tried to escape into the forest, but the enraged Brer Cat was too fast for him. He pounced on his old friend, grabbed him by the throat and gobbled him up.

From that day, whenever any cat sees a rat, he runs after him to eat him up!

MORAL: Don't interfere in a matter that does not concern you.

AFTA YU DƆN

Ivin do bɔku Siyaralonyans ɛn ɔda pipul dɛm de tɔk Krio as di kɔmɔn laŋwej na Sa Lon, bɔku pipul dɛm de nɔ sabi rid ɛn rayt Krio kɔrɛkt wan. Na im mek di laŋwej naw dɔn sɔfa na bɔku pipul dɛn an. Yu go si ɔl kanaba spɛlin we pipul dɛn jɔs de translet dayrɛkt frɔm Iŋlish, ɛn ɔlman gɛt in yon spɛlin.

Dis nɔ to gud tin at ɔl. So na dat mek Ɛsmi Jems, ɛn sɔm ɔda pipul dɛm disayd fɔ kam togɛda ɛn mek wan wɛbsayt we pipul dɛn kin go lan fɔ rid ɛn rayt di laŋwej gud gud wan, so dat wi nɔ go lɔs am, tide tumara. Dis na di men risin we mek naw wi dɔn stat Salon Krio ɛn wi gɛt wan wɛbsayt we wi nɛm www.salonkrio.com. Ɔlso, fɔ ɛp dɛn wan dɛm we no sabi fɔ rid Krio fɔ rid dis Nansi Stori buk, wi rayt dis buk in kɔmpin we nɛm **"Lan fɔ Rid ɛn Rayt Krio".** Yu go fɛn plɛnti gud lɛsin dɛm na da buk de fɔ ɛp yu lan fɔ rid ɛn rayt Krio. Yu kin ɔlso fɛn som mɔ infɔmeshɔn na wi wɛbsayt.

AFTERWORD

Although Krio is the lingua franca of Sierra Leone, very few of its speakers know how to read and write it correctly. As such, it has been open to a lot of misuse and abuse in terms of writing and reading it. Therefore, in order to standardize the writing and spelling of the Krio spoken in Sierra Leone and the diaspora, Esme James and others decided to create a platform where the language can be taught in very simple lessons. That being the main purpose of Sa Lon Krio, the website, www.salonkrio.com, is designed to be an authoritative source on the writing, spelling and use of the language.

In order to assist in the reading of this story book, a companion book **"Lan fɔ Rid ɛn Rayt Krio"** has been written that provides good exercises that will improve the reading and writing skills of beginning readers of Krio. More details can be found on our website www.salonkrio.com.

Made in United States
Orlando, FL
30 September 2024

52109401R00095